CORONA CRUEL

GRAN TRAVESÍA

VICTORIA AVEYARD

CORONA CRUEL

GRANTRAVESÍA

CORONA CRUEL

Título original: *Cruel Crown*

Queen Song © 2015, Victoria Aveyard (Canción real)
Steel Scars © 2016, Victoria Aveyard (Cicatrices de acero)

Traducción: Enrique Mercado

Ilustración de portada: © 2016, John Dismukes
Diseño de portada: Sarah Nichole Kaufman

D.R. © 2017, Editorial Océano, S.L.
Milanesat 21-23, Edificio Océano
08017 Barcelona, España
www.oceano.com

D.R. © 2017, Editorial Océano de México, S.A. de C.V.
Eugenio Sue 55, Col. Polanco Chapultepec,
C.P. 11560, Miguel Hidalgo, Ciudad de México
www.oceano.mx
www.grantravesia.com

Primera edición: 2017 ⓒ℗

ISBN: 978-607-527-095-1

IMPRESO EN MÉXICO / *PRINTED IN MEXICO*

CANCIÓN REAL

Como de costumbre, Julian le regaló un libro.

Igual que hacía un año, y que hacía dos, y que cada celebración o fiesta que él podía encontrar entre los cumpleaños de su hermana. Ella conservaba en repisas esos supuestos regalos. Algunos habían sido hechos de corazón, y otros simplemente para dejar espacio en la biblioteca que él llamaba su habitación, donde las columnas de libros eran tan altas e inestables que incluso a los gatos se les dificultaba salvar esos montones laberínticos. Los temas variaban, desde relatos de aventuras de invasores de la Pradera hasta recargadas colecciones de poemas sobre la insípida corte real que ambos se esmeraban en evitar. "Éste será más útil como combustible", decía Coriane cada vez que él le legaba otro aburrido volumen. Cuando cumplió doce años, Julian le obsequió un texto antiguo escrito en un idioma que ella desconocía y que sospechaba él fingía comprender.

Pese a su aversión por la mayoría de las historias de su hermano, ella mantenía su creciente colección estrictamente alfabetizada en ordenadas repisas, con los lomos al frente para que exhibieran los títulos de los libros, encuadernados en piel. La mayor parte quedaría sin tocar, abrir ni leer, lo cual era una tragedia para la que ni siquiera Julian podía hallar palabras con que lamentarse. Nada hay tan terrible como una historia que no se cuenta. Pero Coriane conservaba esos tomos de todas formas, bien sacudidos y lustrados, de manera que sus letras grabadas en oro brillaban bajo la brumosa luz del verano o los grises rayos del invierno. "De Julian" eran los garabatos que se leían en cada uno, y ella estimaba esas palabras sobre casi cualquier otra cosa. Sólo los regalos que él le había hecho de corazón le eran más queridos: las guías y manuales forrados de plástico, que yacían escondidos entre las páginas de una genealogía o enciclopedia. Unos cuantos tenían el honor de reposar junto a su cabecera, metidos bajo el colchón, para poder sacarlos de noche y devorar los esquemas técnicos y los estudios sobre máquinas. Cómo armar, desarmar y dar mantenimiento a motores de transporte, aviones, equipo de telegrafía y hasta lámparas y estufas.

Su padre reprobaba esto, como era costumbre. Una hija Plateada de una Gran Casa noble no debía tener los dedos manchados de aceite para motor, las uñas rotas por herramientas *prestadas* ni los ojos rojos por tantas noches dedicadas a forcejear infatigablemente acompañada con libros inapropiados. Pero Harrus Jacos olvidaba su recelo cada vez que la pantalla de video en la sala de la finca sufría un cortocircuito y hacía sisear chispas y mostraba imágenes borrosas. *Repárala, Cori, repárala.* Ella hacía lo que su padre le ordenaba, con la esperanza de convencerlo de una vez por todas, sólo para que sus modestas reparaciones fueran desdeñadas días después, y olvidado todo su buen trabajo.

Le alegraba que él se hubiese marchado a la capital a ayudar a su tío, el Señor de la Casa de Jacos, porque así ella podría pasar su cumpleaños junto a las personas que más quería: su hermano, Julian, y Sara Skonos, quien había llegado específicamente para la ocasión. *Cada día está más linda,* pensó Coriane cuando vio arribar a su más querida amiga. Habían pasado varios meses desde su último encuentro, la fecha en que Sara cumplió quince años y se mudó a la corte en forma definitiva. Y aunque era cierto que no había transcurrido tanto tiempo, la joven ya parecía diferente, más avispada. Sus pómulos sobresalían notoriamente bajo su piel, de algún modo más pálida que antes, como si se hubiera ajado. Y sus ojos grises, en otro tiempo estrellas relucientes, parecían oscuros, llenos de sombras. Pese a todo, aún sonreía con facilidad, como lo hacía siempre que estaba con los chicos Jacos. *Con Julian en realidad,* sabía Coriane. Y su hermano era también el mismo de siempre, con su amplia sonrisa y en posesión de una distancia que ningún muchacho, por insensible que fuera, habría pensado en mantener. Tenía una conciencia quirúrgica de sus movimientos, y Coriane la tenía de él. A sus diecisiete años, no era demasiado joven para hacer una proposición matrimonial, y ella sospechaba que la concretaría en los meses venideros.

Julian no se había tomado la molestia de envolver su regalo; era hermoso de por sí. Estaba encuadernado en piel y tenía rayas del dorado grisáceo de la Casa de Jacos, así como la Corona Ardiente de Norta grabada en la cubierta. No había título en la carátula ni en el lomo, y Coriane supo que sus páginas no ocultaban guía alguna. Puso mala cara.

—Ábrelo, Cori —le dijo él mientras le impedía arrojar el libro a la exigua pila en que se acumulaban otros presentes.

Todos ellos eran insultos velados: unos guantes para esconder sus manos *toscas*, algunos vestidos imprácticos para una corte que ella se negaba a visitar y una caja de dulces ya abierta que su padre le prohibía comer. Todos se habrían esfumado para la hora de la cena.

Coriane hizo lo que se le instruyó, y cuando abrió el libro vio que las páginas de color crema se hallaban en blanco. Arrugó la nariz, sin preocuparse por ofrecer el aspecto de una hermana agradecida. Julian no requería tales mentiras, y no las creería de todas formas. Más aún, no había nadie ahí que fuera a reprenderla por ese comportamiento. *Mamá está muerta; papá, ausente, y la prima Jessamine continúa felizmente dormida.* Julian, Coriane y Sara eran los únicos ocupantes de la pérgola, tres gotas sueltas en la empolvada tinaja de la finca Jacos. Aquel era un salón enorme, igual que el vacío siempre presente en el pecho de Coriane. Ventanas arqueadas daban a un rosedal enmarañado, otrora pulcro, que no había visto en una década las manos de un guardaflora. Al piso le urgía una buena barrida, y los cortinajes dorados estaban grises de arenilla y probablemente también de telarañas. Incluso el retrato sobre la tiznada chimenea de mármol echaba de menos su marco de oropel, que había sido rematado muchos meses atrás. El hombre que miraba desde la descarnada tela era el abuelo de Coriane y Julian, Janus Jacos, a quien sin duda le desalentaría el estado de la familia: nobles caídos en desgracia que explotaban su antiguo apellido y tradiciones, y que se las arreglaban cada año con menos.

Julian echó a reír, con su tono acostumbrado. *De exasperación complaciente*, sabía Coriane. Ésa era la mejor forma de describir su actitud. Dos años mayor que ella, siempre estaba presto a recordarle su superioridad en edad e inteligencia. Con dulzura, desde luego. Como si no diera lo mismo.

—Es para que escribas en él —continuó su hermano al tiempo que deslizaba sus finos y largos dedos sobre las páginas—. Tus pensamientos, lo que haces durante el día.

—Sé qué es un diario —replicó ella y cerró el libro de golpe. A él no le importó ni se ofendió; la conocía mejor que nadie. *Incluso si ignoro el significado de las palabras*—. Y mis días no son dignos de que deje constancia de ellos.

—¡Tonterías! Eres muy interesante cuando te lo propones.

Ella sonrió.

—Tus bromas han mejorado, Julian. ¿Por fin hallaste un libro que te enseñe un poco de humor? —y añadió, con los ojos puestos en Sara—: ¿O una persona?

Aunque él se avergonzó y las mejillas se le azularon de sangre plateada, el rostro de Sara no mostró ninguna alteración.

—Hago curaciones, no milagros —dijo con una voz melodiosa.

La risa de los tres hizo eco y llenó por un grato momento el vacío de la finca. El viejo reloj sonó en un rincón, como si anunciara la hora fatídica de Coriane: la inminente llegada de su prima Jessamine.

Julian se levantó y desplegó su desgarbada figura en tránsito a la edad adulta. Le faltaba mucho por crecer todavía, tanto a lo alto como a lo ancho. Coriane, por el contrario, había mantenido la misma estatura durante años y no daba señas de cambiar. Era ordinaria en todo, desde el azul casi incoloro de sus ojos hasta el lacio cabello castaño que se rehusaba a crecer más allá de sus hombros.

—No irás a comer esto, ¿verdad? —preguntó él, mientras tendía la mano en dirección a su hermana, hurtaba de la caja un par de caramelos confitados y obtenía en respuesta un manotazo. *¡Al demonio con los buenos modales! Esos dulces son míos*—. ¡Cuidado! —la previno—. Le diré a Jessamine.

—Eso no será necesario —resonó en el columnado vestíbulo la voz atiplada de la anciana prima.

Coriane cerró los ojos con un siseo de fastidio, como si deseara con todas sus fuerzas echar de su vida a Jessamine Jacos. *Pero será inútil, por supuesto; no soy una susurro, sólo una arrulladora.* Y a pesar de que podría haber dirigido contra Jessamine sus escasas destrezas, eso no habría acabado bien. Por vieja que fuese, su voz y habilidad eran todavía muy agudas, mucho más rápidas que las suyas. *Terminaré fregando pisos con una sonrisa si la pongo a prueba.*

Adoptó entonces una expresión cortés y, cuando se volvió, vio a su prima apoyada en un bastón enjoyado, uno de los pocos objetos bellos que quedaban en esa casa. Claro que pertenecía a la peor de sus habitantes. Jessamine había dejado de frecuentar a los sanadores de la piel Plateados desde hacía mucho tiempo, para *envejecer con dignidad*, como ella decía, pese a que lo cierto era que la familia ya no podía permitirse tales tratamientos de manos de los más talentosos miembros de la Casa de Skonos, y ni siquiera de sanadores aprendices de baja cuna. La piel le colgaba ahora, gris de tan pálida, con manchas violáceas de la edad que se esparcían por sus manos y su cuello, uno y otras arrugados. Esa mañana envolvía su cabeza en una pañoleta de seda amarillo limón, para ocultar su cada vez más escaso pelo blanco que cubría apenas su cuero cabelludo, y llevaba un vestido suelto y largo que hacía juego con él, aunque había ocultado bien los bordes apolillados. Jessamine era experta en la ilusión.

—No seas malo, Julian, y lleva esto a la cocina, ¿quieres? —dijo mientras picaba los dulces con la uña larga de uno de sus dedos—. El personal estará muy agradecido.

Coriane tuvo que hacer un esfuerzo para no reír. *El personal* constaba de apenas un mayordomo Rojo más viejo que Jessamine, que ni siquiera tenía *dientes*, y del cocinero y dos jóvenes sirvientas, de quienes se esperaba se ocupasen del mantenimiento de toda la finca. Pese a que podía ser que a ellos les agradara recibir las golosinas, era evidente que Jessamine no tenía la intención de permitirlo. *Irán a dar al cesto de basura, aunque lo más probable es que ella las guarde en su habitación.*

Julian pensó exactamente lo mismo, a juzgar por su expresión retorcida. Pero discutir con Jessamine era tan infructuoso como los árboles del huerto viejo y podrido.

—Desde luego, prima —respondió con una voz más propia de un funeral.

Su mirada era de disculpa, en tanto que la de Coriane era de resentimiento. Ella vio con poco velado desdén que Julian le ofrecía un brazo a Sara y que recogía con el otro su indecoroso regalo. Ambos ansiaban escapar del dominio de la anciana, pero se resistían a dejar a Coriane. Lo hicieron de cualquier forma, y se alejaron del salón a toda prisa.

De acuerdo, déjame aquí. Así lo haces siempre. Coriane fue abandonada de este modo a Jessamine, quien se había propuesto convertirla en una verdadera hija de la Casa de Jacos. Para decirlo llanamente, *en una hija muda.*

Y siempre la dejaba a su padre cuando él regresaba de la corte, después de largos días a la espera de que el tío Jared falleciese. El jefe de la Casa de Jacos, gobernador de la región de Aderonack, no tenía hijos, así que sus títulos pasarían a su hermano, y después a Julian. Cuando menos, no tenía hijos ya. Los gemelos, Jenna y Caspian, habían muerto en la guerra contra los Lacustres, y dejado a su progenitor sin un heredero de su sangre, para no hablar de su deseo de vivir. El padre de Coriane ocuparía ese sitio ancestral de un momento a otro, y no quería perder tiempo en hacerlo. Ella consideraba perversa esa conducta, en el mejor de los casos. No imaginaba que pudiera hacerle algo así a Julian, verlo consumirse de dolor sin hacer nada, por más enfados que él le infligiera. Aquél era un acto horrible, sin amor, y sólo pensar en ello le revolvía el estómago. *Pero yo no tengo la intención de encabezar a nuestra familia, y papá es un hombre ambicioso, aunque falto de tacto.*

No sabía lo que él pensaba hacer con su eventual ascenso. La de Jacos era una Casa pequeña, poco importante, de gobernadores de un área atrasada con poco más que la sangre de una de las Grandes Casas para mantenerlos calientes durante la noche. Y con Jessamine, desde luego, para asegurarse de que todos fingieran que no se estaban ahogando.

Ésta tomó asiento con la gracia de una dama de la mitad de su edad y golpeó con su bastón el suelo sucio.

—¡Ridículo! —murmuró mientras sacudía una nube de motas de polvo que giraban en un rayo de sol—. ¡Qué difícil es hallar buenos ayudantes en estos tiempos!

Sobre todo cuando no puedes pagarlos, se mofó Coriane en su mente.

—Así es, prima. Muy difícil.

—Bueno, acerca ya esas cosas. Veamos lo que Jared envió —dijo.

Alargó una mano ganchuda que abría y cerraba agitadamente, y como este gesto le enchinó la piel a Coriane, se mordió el labio para no decir algo inoportuno. Tomó en cambio los dos vestidos regalo de su tío y los tendió en el sofá donde Jessamine se había sentado.

La prima los olfateó y examinó como hacía Julian con sus textos antiguos: entrecerró los ojos ante el bordado y el encaje, frotó la tela y tiró de invisibles hilos sueltos en ambos vestidos dorados.

—Parecen aceptables —dijo después de un largo momento—. Aunque son anticuados. Ninguno de ellos está a la última moda.

—¡Qué raro! —exclamó Coriane sin poder reprimirse, con palabras arrastradas.

¡Zas! El bastón volvió a golpear en el suelo.

—¡Sin sarcasmos! Son impropios de una dama.

Todas las que yo conozco parecen muy versadas en ellos, tú incluso, si es que puedo llamarte una dama. La verdad es que Jessamine no había asistido a la corte durante al menos una década. No tenía idea de cuál era la última moda y, cuando ingería demasiada ginebra, ni siquiera recordaba qué rey estaba en el trono.

—¿Es Tiberias VI o V? No, todavía es el IV; la antigua llama no *morirá*.

Coriane le recordaba amablemente que quien los gobernaba entonces era Tiberias V.

Su hijo, el príncipe heredero, sería Tiberias VI cuando su padre falleciera. Aunque con su sedicente gusto por la guerra, ella se preguntaba si el príncipe viviría tanto como para portar una corona. La historia de Norta estaba llena de incendiarios Calore que morían en batalla, especialmente príncipes segundos y primos. Coriane deseaba en secreto que el príncipe muriera, así fuese sólo para ver qué pasaba. Hasta donde sabía, si las lecciones de Jessamine eran de dar crédito, él carecía de hermanos, y los primos Calore eran pocos, por no decir débiles. Norta había combatido durante un siglo a los Lacustres, pero una guerra interna se cernía en el horizonte, una guerra entre las Grandes Casas para llevar al trono a otra familia. La Casa de Jacos no estaba involucrada en ello en absoluto. Su insignificancia era una constante, lo mismo que la prima Jessamine.

—Bueno, si los mensajes de tu padre son de fiar, estos vestidos deberán ser útiles muy pronto —continuó, al tiempo que dejaba los presentes.

Sin consideración de la hora ni de la presencia de Coriane, sacó de su vestido una botella de ginebra y tomó un buen sorbo. El aroma del enebro se esparció por el aire.

Coriane frunció el ceño y apartó la mirada de sus manos, que ya se ocupaban en estrujar los guantes nuevos.

—¿El tío se encuentra bien?

¡Zas!

—¡Qué pregunta tan tonta! No ha estado bien desde hace años, como bien lo sabes.

El rostro de Coriane ardió en color plata, con un bochorno metálico.

—Quise decir mal, peor. ¿Se encuentra *peor*?

—Harrus lo cree así. Jared ya no abandona sus aposentos en la corte y es raro que asista a banquetes, menos aún a reuniones administrativas o al consejo de gobernadores. Tu padre lo sustituye cada vez más. Por no mencionar el hecho de que tu tío parece decidido a beberse hasta la última gota de las arcas de la Casa de Jacos —dijo la anciana antes de tomar otro trago de ginebra, ironía que casi hizo reír a Coriane—. ¡Qué egoísta!

—Sí, qué egoísta —balbuceó la joven.

No me has deseado feliz cumpleaños, prima. Pero no insistió en ese asunto. Duele ser llamado ingrato incluso por una sanguijuela.

—Otro libro de Julian, ya veo. ¡Ah!, y guantes. Magnífico, Harrus aceptó mi sugerencia. ¿Y de Skonos?

—Nada.

Por lo menos todavía. Sara le había pedido esperar, porque su regalo no era algo que pudiese apilarse con los otros.

—¿Nada? ¡Pero si viene aquí a consumir nuestra comida, a ocupar espacio…!

Coriane hizo cuanto pudo para que las palabras de Jessamine flotaran y se alejaran de ella como nubes en un cielo despejado por el viento. Se concentró en el manual que había leído la noche anterior. *Baterías. Cátodos y ánodos, los de uso primario se desechan, los secundarios pueden recargarse…*

¡Zas!

—¿Sí, Jessamine?

Una mujer muy vieja y de ojos saltones sostenía la mirada de Coriane, con la irritación inscrita en cada arruga.

—No hago esto para beneficiarme, Coriane.

—Ni a mí tampoco —siseó ella, sin poder evitarlo.

Jessamine cacareó en respuesta, con una risa tan crispada que habría podido escupir polvo.

—Eso es lo que querrías, ¿verdad? Creer que sufro por diversión tu mala cara y tu amargura. ¡Piensa menos en ti, Coriane! No hago esto más que por la Casa de Jacos, por nosotros. Sé mejor que ustedes lo que somos. Y recuerdo lo que fuimos cuando vivíamos en la corte, negociábamos tratados y éramos para los reyes Calore tan indispensables como su flama. *Recuerdo*. No hay peor castigo ni dolor que la memoria.

Revolvió el bastón en su mano y comenzó a contar con un dedo las joyas que pulía cada noche: zafiros, rubíes, esmeraldas, un diamante. Pese a que Coriane no sabía si eran obsequios de pretendientes, amigos o familiares, componían el tesoro de Jessamine, cuyos ojos destellaban como las gemas mismas.

—Tu padre será Señor de la Casa de Jacos y tu hermano después de él. Eso te deja en necesidad de un Señor propio. ¿O deseas permanecer aquí por siempre? —*Como tú*. La insinuación era clara, y Coriane descubrió que no podía hablar a causa de un súbito nudo en la garganta; lo único que pudo hacer fue sacudir la cabeza. *No, Jessamine, no quiero quedarme aquí. No quiero ser tú*—. Muy bien —dijo la prima e hizo sonar su bastón una vez más—. Emprendamos el día.

Esa noche, Coriane se sentó a escribir. Su pluma fluyó por las páginas del regalo de Julian derramando tinta a la manera en que un cuchillo vertería sangre. Escribió acerca de todo. De Jessamine, su padre, Julian. De la aprensión de que su hermano la abandonaría para sortear solo el huracán que se avecinaba. Tenía a Sara ahora. Los había sorprendido besándose antes de la cena, y aunque sonrió, fingió reír y aparentó darse por satisfecha con la vergüenza de ambos y sus vacilantes explicaciones, Coriane se sintió abatida por dentro. *Sara era mi mejor amiga, lo único que me pertenecía*. Pero ya no. Al igual que Julian, ella pondría tierra de por medio, hasta dejarla sólo con el polvo de una casa, y una vida, olvidadas.

Porque por más que Jessamine dijera, se pavoneara y mintiera sobre las supuestas posibilidades de Coriane, lo cierto era que no había nada que hacer. *Nadie se casará conmigo, al menos no quien yo quiera.* Rechazaba y aceptaba esa realidad al mismo tiempo. *No dejaré nunca este lugar,* escribió. *Estas paredes doradas serán mi sepulcro.*

Jared Jacos recibió dos funerales.

El primero tuvo lugar en la corte, en Arcón, bajo una brumosa lluvia de primavera. El segundo sucedería una semana después, en la finca de Aderonack. El cadáver del tío se sumaría así a la tumba familiar y descansaría en un sepulcro de mármol que había sido pagado con una de las joyas del bastón de Jessamine. La esmeralda se vendió a un comerciante de piedras preciosas en el este de Arcón, en presencia de Coriane, Julian y su vetusta prima. Jessamine mantuvo un aire distante y no se molestó en mirar cuando la gema verde pasó de manos del nuevo Lord de Jacos a las del joyero Plateado. *Un hombre común,* supo Coriane. No llevaba colores de Casas notables, pero era más acaudalado que ellos, con ropas elegantes y un sinfín de alhajas encima. *Aunque nosotros seamos nobles, este señor podría comprarnos a todos si quisiera.*

La familia vistió de negro, como era la costumbre. Coriane tuvo que pedir prestado un traje para la ocasión, uno entre los muchos y horrendos vestidos de luto de Jessamine, quien había supervisado y asistido a más de una docena de sepelios de la Casa de Jacos. A pesar de que el atuendo le picaba, la joven permaneció quieta mientras salían del barrio de mercaderes en dirección al majestuoso puente que cruzaba el río Capital y que unía ambos lados de la urbe. *Jessamine me reprendería o me azotaría si comenzara a rascarme.*

Ésta no era la primera visita de Coriane a la capital, y ni siquiera la décima. Había estado muchas veces ahí, a menudo por invitación de su tío, para exponer la supuesta fuerza de la Casa de Jacos. Una noción absurda. Su familia no sólo era pobre, sino también débil y pequeña, en especial tras la desaparición de los gemelos. No era digno rival de los frondosos árboles genealógicos de las Casas de Iral, Samos, Rhambos y otras, linajes ricos que podían soportar el enorme peso de sus numerosas relaciones. Su lugar como Grandes Casas estaba firmemente cimentado en la jerarquía de la nobleza y el gobierno. Tal no sería el caso de los Jacos si el padre de Coriane, Harrus, no hallaba la forma de demostrar su valía ante sus pares y su rey, y ella no veía a su alrededor ningún medio para lograrlo. Aderonack se situaba en la frontera con los Lacustres y era un territorio de pocos habitantes y densos bosques que nadie tenía necesidad de aserrar. Los Jacos no podían reclamar minas y talleres, ni siquiera fértiles tierras agrícolas. No había algo de utilidad en ese rincón del mundo.

Coriane había atado a su cintura una banda dorada con la cual ceñir su impropio vestido de cuello alto a fin de parecer un poco más presentable, aunque de ninguna manera a la moda. Se dijo que no le importaban las murmuraciones de la corte ni las burlas de las demás damiselas, que la veían como si fuera un bicho raro o, peor aún, una *Roja*. Todas ellas eran jóvenes crueles y tontas que esperaban con ansia cualquier noticia de la prueba de las reinas. Pero nada de esto, desde luego, tenía trazas de verdad. ¿Acaso no era Sara una de ellas? Una hija de Lord Skonos que se preparaba para ser una sanadora y que poseía habilidades muy promisorias. Esto sería suficiente para que sirviera a la familia real si seguía por este camino.

"Pero eso no es lo que quiero", le confió a Coriane meses antes, durante una visita. "Será un desperdicio que dedique mi vida a sanar cortadas de papel y patas de gallo. Mis aptitudes serían más útiles en las trincheras del Obturador o en los hospitales de Corvium. Allá mueren soldados todos los días, ¿sabes? Rojos y Plateados por igual, a causa de las bombas y las balas Lacustres, desangrados porque personas como yo nos quedamos aquí."

No le habría dicho eso a nadie más, y menos que nadie a su padre. Tales palabras eran más aptas para la medianoche, cuando dos muchachas podían susurrar sus sueños sin ningún temor de consideración.

—Yo quiero construir cosas —le dijo Coriane a su mejor amiga en una de esas ocasiones.

—¿Construir qué, Coriane?

—¡Aviones, aeronaves, transportes, pantallas de video... hornos! No sé, Sara, no sé. Sólo quiero... hacer algo.

Sara sonrió y sus dientes se encendieron bajo un tenue rayo de luna.

—Te refieres a hacer algo de ti misma, ¿verdad, Cori?

—Eso no fue lo que dije.

—No tenías que hacerlo.

—Ahora veo por qué Julian te quiere tanto.

Esto hizo callar a Sara al instante, y poco después dormía ya. Coriane, en cambio, permaneció con los ojos abiertos mientras veía sombras en las paredes y se preguntaba ciertas cosas.

Ahora, en el puente, en medio de un caos de vivos colores, hizo lo mismo. Daba la impresión de que nobles, ciudadanos y comerciantes flotaban ante ella, con una piel fría, un paso lento y una mirada insensible y oscura, cualquiera que fuese su color. Bebían con avidez esa mañana; un hombre ya saciado no dejaba de tomar agua mientras otros morían de sed. Los otros eran los Rojos, por supuesto, portadores de las insignias que los señalaban. Los criados vestían uniformes, algunos con rayas de colores de la Gran Casa a la que servían. Sus movimientos eran decididos y su mirada firme, y corrían a cumplir sus órdenes y diligencias. *Cuando menos tienen un propósito*, pensó Coriane. *En cambio yo...*

Sintió el impulso de asirse al farol más cercano y estrecharlo entre sus brazos, para no ser una hoja llevada por el viento o una piedra caída al agua. Para no volar o ahogarse, o ambas cosas. No ir donde otra fuerza quisiera, fuera de su control.

La mano de Julian se cerró alrededor de su muñeca, con lo que la obligó a tomarlo del brazo. Él lo hará, pensó, y una tensa cuerda se relajó en ella. *Julian me mantendrá en este sitio.*

Más tarde escribió un poco del funeral oficial en su diario, salpicado de manchas de tinta y tachaduras. Pese a ello, su ortografía mejoraba, lo mismo que su letra. No mencionó nada sobre el cadáver del tío Jared, cuya piel era más blanca que la luna, desprovista de sangre por el proceso de embalsamamiento. No anotó que le había temblado el labio a su padre, lo que delató el dolor que realmente sentía por la muerte de su hermano. Sus líneas no señalaron que dejó de llover justo durante la ceremonia, ni el cúmulo de lores que llegó a honrar a su tío. Ni siquiera se ocupó de mencionar la presencia del rey y su hijo, Tiberias, quien cavilaba con cejas oscuras y una expresión más oscura todavía.

Mi tío ha muerto, escribió en lugar de todo eso. *Y no sé por qué, pero en cierto modo lo envidio.*

Como siempre, guardó el diario cuando terminó bajo el colchón de su habitación junto con el resto de sus tesoros. Es decir, un modesto surtido de herramientas, celosamente protegido y que tomó del abandonado cobertizo al fondo de la casa: dos desarmadores, un pequeño martillo, un juego de pinzas puntiagudas y una llave inglesa oxidada y casi inservible. *Casi*. También estaba un rollo de alambre alargado que había extraído cuidadosamente de una antigua lámpara en un rincón que nadie extrañaría. Al igual que la finca, la casa de los Jacos en el oeste de Arcón era un lugar en decadencia. Y húmedo también, en medio del temporal, lo que daba a los viejos muros la apariencia de una cueva empapada.

Llevaba puesto todavía su vestido negro y su banda de oro, y presuntas gotas de lluvia se adherían a sus pestañas, cuando Jessamine irrumpió en su habitación. Para afligirla con naderías, desde luego. No había banquete que no entusiasmara a la anciana prima, sobre todo si iba a celebrarse en la corte. Ella haría ver a Coriane lo más presentable posible con el poco tiempo y los medios disponibles, como si su vida dependiera de ello. *Tal vez así sea, más allá de la vida a la que aspire. Quizá la corte necesite otro instructor de etiqueta para los hijos de los nobles, y ella cree que conseguirá ese puesto si hace milagros conmigo.*

Incluso la propia Jessamine desea escapar.

—Nada de eso... —Jessamine farfulló y le enjugó las lágrimas con un paño. Con otra pasada, esta vez de un gredoso lápiz negro, hizo resaltar sus ojos. Luego aplicó en sus mejillas un polvo púrpura para que diera la ilusión de estructura ósea. No le untó nada en los labios, porque Coriane nunca había dominado el arte de no ensuciar de lápiz labial sus dientes o el vaso de agua—. Supongo que con esto es suficiente.

—Sí, Jessamine.

Aunque a la vieja le deleitaba la obediencia, la actitud de Coriane le dio qué pensar. Era obvio que la chica estaba triste, después del sepelio.

—¿Qué te pasa, niña? ¿Es el vestido?

Las negras y descoloridas sedas y los banquetes y esta corte asquerosa me tienen sin cuidado. Nada de esto importa.

—No me pasa nada, prima. Sólo tengo un poco de hambre.

Coriane intentó tomar la salida fácil de lanzar a Jessamine una falla para ocultar otra.

—¡Lo siento por tu apetito! —replicó ésta y entornó los ojos—. Recuerda que debes comer con refinamiento, como un ave. Siempre debe haber comida en tu plato. Pica, pica, *pica*...

Pica pica pica. La joven sintió estas palabras como uñas afiladas que repiquetearan sobre su cráneo, pero forzó una sonrisa de cualquier modo. Esto estiró las comisuras de sus labios, lo que le dolió tanto como esos términos, la lluvia y la sensación de decaimiento que la había perseguido desde el puente.

Abajo, Julian y su padre aguardaban ya, arrimados a la humeante hoguera de la chimenea. Llevaban puestos trajes idénticos, negros y con bandas de un oro pálido que les cruzaban el pecho, del hombro a la cadera. Lord Jacos tocó tímidamente la recién adquirida insignia que colgaba de su banda, un trozo de oro martillado tan viejo como su casa.

Aunque insignificante en comparación con las gemas, distintivos y medallones de los demás gobernadores, bastaba por lo pronto.

Julian quiso llamar la atención de Coriane y le guiñó un ojo, pero su aire abatido lo detuvo. No se separó de su lado hasta que llegaron al banquete; había sujetado su mano en el transporte de alquiler, y la tomó del brazo cuando atravesaron las magníficas puertas de la Plaza del César. El Palacio del Fuego Blanco, su destino, se tendía a su izquierda, desde donde dominaba el costado sur de la embaldosada plaza, ahora rebosante de nobles.

Jessamine zumbaba de emoción, pese a su edad, y no dejó de sonreír e inclinar la cabeza frente a todos los que pasaban junto a ella. Incluso sacudía la mano y permitía que las largas mangas de su vestido negro y oro se deslizaran en el aire.

Quiere comunicarse por medio de la ropa, comprendió Coriane. ¡Vaya tontería! Igual que el resto de esta danza, que culminará con la desgracia y caída de la Casa de Jacos. ¿Para qué posponer lo inevitable? ¿Para qué participar en un juego en el que es inútil que esperemos competir? No lo concebía. Su cerebro sabía más de circuitos eléctricos que de la alta sociedad, y desesperaba de entender alguna vez esta última. No había ninguna lógica en la corte de Norta, ni en su familia. Y ni siquiera en Julian.

—Ya sé lo que le pediste a papá —masculló al tiempo que procuraba mantener el mentón lo más cerca posible del hombro de su hermano.

El saco de Julian apagó su voz, aunque no lo bastante para que él alegara que no la había oído.

Sus músculos se tensaron debajo de ella.

—Cori...

—Debo admitir que no entiendo. Pensé que... —se le quebró la voz—. Pensé que querrías estar con Sara ahora que tendremos que mudarnos a la corte.

Pediste ir a Delphie, trabajar con los eruditos y excavar ruinas antes que aprender a ser un lord a la diestra de nuestro padre. ¿Por qué tenías que hacer eso? ¿Por qué, Julian? Estaba, además, la pregunta más difícil de todas, que ella no tenía fuerzas para formular: ¿Cómo podrías dejarme?

Él soltó un largo suspiro y la estrechó contra su pecho.

—Sí, querría estarlo... quiero *estarlo*. Pero...

—¿Pero...? ¿Pasó algo?

—No, nada. Ni bueno ni malo —añadió, y ella percibió un regusto de sonrisa en su voz—. Sólo sé que Sara no dejará la corte si me quedo aquí con papá. Y no puedo hacerle eso. Este lugar... no la retendré en este nido de víboras.

Coriane sintió una punzada de dolor por su hermano y por su noble, desinteresado e insensato corazón.

—Le permitirías ir al frente, entonces.

—La palabra *permitir* no existe en mi vocabulario. Ella debe ser capaz de tomar sus propias decisiones.

—¿Y si su padre, Lord Skonos, se opone? —*como es inevitable que suceda.*

—Me casaré con ella conforme a lo planeado y la llevaré conmigo a Delphie.

—Tú planeas todo siempre.

—Al menos lo intento.

Pese a la oleada de felicidad de saber que su hermano y su mejor amiga se casarían, una conocida aflicción se dejó sentir en las entrañas de Coriane. *Estarán juntos y tú te quedarás sola.*

Julian le apretó la mano de súbito, con dedos calientes a pesar de la llovizna.

—Y claro que te mandaré buscar a ti también. ¿Crees que te dejaría enfrentar la corte sola con papá y Jessamine? —la besó en la mejilla y parpadeó—. Deberías tener un mejor concepto de mí, Cori.

Ella forzó una amplia y blanca sonrisa que centelló bajo las luces del palacio. No sintió nada de esa chispa. *¿Cómo es posible que Julian sea tan sagaz y tan tonto al mismo tiempo?* Esto la intrigó y entristeció en rápida sucesión. Aun si su padre accedía a que Julian fuera a estudiar a Delphie, a ella jamás se le permitiría hacer algo semejante. No poseía gran inteligencia, personalidad ni belleza, ni tampoco era una guerrera. Su utilidad residía en el matrimonio, en la alianza que éste acarrearía, y nada de eso se encontraba en los libros o la protección de su hermano.

El Fuego Blanco se engalanaba con los colores de la Casa de Calore —negro, rojo y plata imperial— en todas sus columnas de alabastro. Las ventanas titilaban con la luz interior y el bullicio de una fiesta estrepitosa llegaba desde el espléndido vestíbulo, guarnecido por los centinelas del rey, cubiertos con sus trajes y caretas llameantes. Cuando pasó junto a ellos, todavía tomada de la mano de Julian, Coriane se sintió menos una dama que una prisionera camino al calabozo.

Coriane hizo todo lo que pudo por comer de su plato. Y también se debatió entre embolsarse o no unos tenedores con incrustaciones de oro. ¡Si tan sólo la Casa de Merandus no hubiera estado al otro lado de la mesa! Todos sus miembros eran susurros y leían la mente, de tal forma que era probable que conociesen sus intenciones tan bien como ella misma. Sara le había dicho que debía ser capaz de sentir si uno de ellos se metía en su cabeza, así que se mantuvo rígida y nerviosa para estar atenta a su cerebro. Esto la volvió pálida y callada, sin que dejara de ver un minuto las raciones que había separado para no comerlas.

Julian intentó distraerla, al igual que Jessamine, aunque esta última lo hizo sin querer. Casi se desvivía por alabar todo lo concerniente a Lord y Lady Merandus, desde sus prendas combinadas (él de traje, ella de vestido, ambos titilantes como un oscuro cielo estrellado) hasta las riquezas de sus territorios ancestrales (ubicados principalmente en

Haven, entre ellos el moderno suburbio de Ciudad Alegre, un lugar que Coriane sabía que distaba mucho de ser feliz). La prole de los Merandus se mostró decidida a ignorar a la Casa de Jacos, y se mantenía concentrada en sí misma alrededor de la mesa elevada donde la familia real comía. Incapaz de contenerse, Coriane dirigió también una furtiva mirada en esa dirección.

Tiberias V, rey de Norta, ocupaba el centro, naturalmente, muy erguido en su silla ornamentada. Su uniforme de gala negro estaba decorado con cuchilladas de seda carmesí y galones plateados, al punto mismo de la perfección. Era un hombre hermoso, más que apuesto, con ojos de oro líquido y pómulos que harían llorar a los poetas. Incluso su barba, suntuosamente salpicada de gris, estaba afeitada con pulcritud y una meticulosa finura. Según Jessamine, la prueba de las reinas en su honor fue un baño de sangre de damas belicosas en pugna por el cetro. A ninguna pareció importarle que el rey no fuese a quererla jamás. Sólo deseaban dar a luz a sus hijos, preservar su confianza y ganarse una corona. Eso fue justo lo que hizo la reina Anabel, una olvido de la Casa de Lerolan. Ahora estaba sentada a la izquierda del rey, con una sonrisa de desprecio y los ojos puestos en su único hijo. Abierto en el cuello, su uniforme militar dejaba ver una conflagración de joyas rojas, anaranjadas y amarillas como la explosiva habilidad que poseía. Pese a ser pequeña, su corona era difícil de ignorar: gemas negras que parpadeaban cada vez que ella se movía, engastadas en una gruesa banda de oro rosado.

El amante del rey portaba en la cabeza una tira similar, aunque desprovista de piedras preciosas. Esto no daba trazas de importarle, pues mantenía una sonrisa radiante y entrelazaba sus dedos con los del monarca. Era el príncipe Robert, de la Casa de Iral. Aunque no tenía una gota de sangre noble, ostentaba ese título desde hacía décadas, por órdenes del rey. Lo mismo que la soberana, llevaba consigo un aluvión de gemas, rojas y azules como los colores de su casa, que su uniforme negro de gala volvía más impresionantes todavía, además de un largo cabello de ébano y una piel broncínea inmaculada. Su risa era musical y se imponía sobre las numerosas voces que resonaban en el salón. A juicio de Coriane, tenía una mirada bondadosa, algo extraño en una persona que llevaba tanto tiempo en la corte. Esto la apaciguó un poco, hasta que vio a los integrantes de su casa sentados junto a él, todos ellos serios y secos, con miradas inquietas y sonrisas salvajes. Intentó recordar sus nombres, pero sólo sabía uno: el de la hermana del príncipe, Lady Ara, Señora de la Casa de Iral, quien efectivamente lo parecía de pies a cabeza. Como si sintiera su vista, los oscuros ojos de Ara se volvieron hacia los de Coriane, quien tuvo que voltear para otro lado.

Hacia el príncipe, Tiberias VI algún día, aunque sólo Tiberias por lo pronto. Era un adolescente, de la edad de

Julian, y una sombra de la barba de su padre le moteaba la mandíbula de modo disparejo. Prefería el vino, a juzgar por la copa vacía que en ese instante se le llenaba de nuevo y el plateado color que se desplegaba en sus mejillas. Ella recordó que había estado presente en el funeral de su tío, como un hijo respetuoso imperturbablemente en pie junto a una tumba. Ahora sonreía con soltura e intercambiaba bromas con su madre.

Sus ojos se fijaron un momento en los de ella cuando miró por encima del hombro de la reina Anabel para detenerse en la joven Jacos con un vestido anticuado. Asintió rápidamente, en respuesta a la mirada de Coriane, antes de regresar a sus divertimentos y su vino.

—¡No puedo creer que ella lo permita! —dijo una voz al otro lado de la mesa.

Cuando Coriane se volvió, miró a Elara Merandus, quien contemplaba también a la familia real, con ojos sesgados y penetrantes y un gesto de desagrado. De la misma manera que los de sus padres, su traje refulgía, hecho como estaba de una seda azul oscuro tachonada de blancas gemas, aunque lucía una blusa suelta con esclavina y mangas acuchilladas en lugar de un vestido. Su cabello era largo y muy lacio, y le caía sobre el hombro como una cortina rubio ceniza, con lo que ponía al descubierto una oreja cargada de un fulgor de cristales. Lo demás era igual de perfecto: unas largas y oscuras pestañas y una piel más pálida e impecable que la porcelana, con la gracia de algo

rebajado y pulido hasta alcanzar un refinamiento palacie-
go. Ya cohibida, Coriane tiró de la banda dorada que ceñía
su cintura. Nada deseaba más en ese trance que abandonar
el salón y volver a casa.

—Te hablo a ti, Jacos.

—Disculpe mi sobresalto —repuso Coriane, e intentó
no alterar la voz. Elara no se distinguía por su bondad ni,
de hecho, por ninguna otra cosa. Ella reparó en que sabía
muy poco acerca de esa joven susurro, a pesar de que era
la hija de un Señor gobernante—. ¿Qué decía usted?

Elara entornó sus brillantes ojos azules con la gracia de
un cisne.

—Hablaba de la reina, por supuesto. No sé cómo puede compartir la mesa con el amante de su esposo, y menos todavía con su familia. Eso es lisa y llanamente un
insulto.

Coriane miró de nuevo al príncipe Robert. Daba la impresión de que su presencia tranquilizaba al rey, y si eso le
importaba en verdad a la reina, no lo demostraba. Mientras las veía, las tres realezas coronadas conversaban civili-
zadamente entre sí, aunque el príncipe heredero y su copa
habían desaparecido.

—*Yo* no lo permitiría —continuó Elara mientras apar-
taba su plato. Estaba vacío, limpio hasta la consunción. *Por
lo menos ella tiene el temple suficiente para acabarse su comida*—. Y sería mi casa la que se sentara allí, no la de él. Éste
es derecho de la reina y de nadie más.

Así que competirá en la prueba de las reinas...

—¡Desde luego que lo haré!

Coriane se estremeció de temor. ¿Acaso ella había...?

—Sí.

Una sonrisa siniestra atravesó el rostro de Elara.

Esto encendió algo en Coriane, que casi la hizo caer del susto. No había percibido nada, ni siquiera un roce en su cabeza, el menor indicio de que Elara escuchase sus pensamientos.

—Yo... —soltó—. Discúlpeme.

Sintió extrañas las piernas cuando se incorporó, tambaleantes después de haber estado sentada mientras se servían trece platillos, aunque todavía bajo su control, por fortuna. *Blanco blanco blanco blanco*, pensó e imaginó paredes blancas y papel blanco y un todo blanco en su cabeza. Elara sólo la miraba, con una mano en la boca para ocultar la risa.

—¿Cori...? —le oyó decir a Julian, pero eso no la detuvo.

Tampoco Jessamine, quien no querría provocar un escándalo. Y su padre no se dio cuenta de nada, absorto en algo que Lord Provos decía en ese momento.

Blanco blanco blanco blanco.

Sus pasos eran acompasados, ni demasiado rápidos ni demasiado lentos. ¿Cuán lejos tendré que llegar?

Más lejos, dijo en su cabeza el ronroneo despectivo de Elara, y la sensación estuvo a punto de hacerle tropezar y caer. La voz retumbó a su alrededor y dentro de ella, de las ventanas a sus huesos, de los candelabros a la sangre que martilleaba en sus oídos. *Más lejos, Jacos.*

—Blanco blanco blanco blanco.

No se percató de que susurraba esas palabras para sí, fervientes como un rezo, hasta que salió del salón, recorrió un pasaje y cruzó una puerta de cristal biselado. Un patio diminuto se levantó en torno suyo, oloroso a lluvia y flores aromáticas.

—Blanco blanco blanco blanco —murmuró una vez más al tiempo que se sumergía en el jardín.

Unos magnolios contrahechos formaban un arco y componían una guirnalda de capullos blancos y hojas muy verdes. Casi no llovía ya, y se acercó a los árboles para guarecerse de las últimas gotas de la tormenta. Hacía más frío del que supuso, pero le agradó. El eco de Elara se había apagado.

Tras soltar un suspiro, se dejó caer sobre una banca de piedra bajo la arboleda. La sintió más fría aún, así que se envolvió entre sus brazos.

—Puedo ayudarle si quiere —dijo una voz cavernosa con palabras lentas y pesadas.

Ella abrió bien los ojos y se dio la vuelta. Imaginó que Elara la rondaba, o Julian, o Jessamine, para reprenderla por su abrupta salida. Pero, obviamente, la figura en pie a un metro escaso de donde estaba no era la de ninguno de ellos.

—Su alteza —dijo y se levantó de un salto para inclinarse en forma apropiada.

El príncipe Tiberias se plantó a su lado, complacido bajo la oscuridad, con una copa en una mano y una botella semivacía en la otra. La dejó hacer y, amablemente, no hizo comentario alguno sobre su mala actuación.

—Basta —dijo al fin y le indicó con un ademán que se enderezara.

Ella cumplió la orden a toda prisa y se volvió hacia él.

—Sí, su alteza.

—¿Gusta una copa, *milady*? —le preguntó, aunque ya llenaba el recipiente. Nadie en sus cinco sentidos habría rechazado una oferta de un príncipe de Norta—. No es un abrigo, pero la calentará lo suficiente. ¡Es una lástima que no se sirva whiskey en estas ceremonias!

Coriane forzó una seña con la cabeza.

—Sí, es una lástima —repitió, pese a que nunca había probado la fuerte y parda bebida.

Tomó la copa llena con manos temblorosas y sus dedos rozaron un momento los de él. Su piel estaba caliente como una piedra bajo el sol y ella sintió la necesidad imperiosa de tomarle la mano, pese a lo cual se limitó a apurar un gran trago de vino tinto.

Él hizo lo propio, aunque sorbió directo de la botella. *¡Qué vulgar!*, pensó Coriane mientras veía su garganta inflarse conforme deglutía. *Jessamine me desollaría viva si hiciera eso.*

El príncipe no se sentó a su lado, sino que guardó su distancia para que ella sintiera únicamente un destello de su calor. Esto le bastó para saber que la sangre se le calentaba aun en la humedad. Coriane se preguntó cómo se las arreglaba para llevar puesto un traje elegante sin derramar una gota de sudor. Una parte de ella deseó que se sentara, porque sólo de esa forma disfrutaría del calor indirecto de sus habilidades. Pero eso habría sido impropio de ambos.

—Usted es la sobrina de Jared Jacos, ¿verdad? —inquirió con un tono cortés y sumamente educado; quizás un profesor de etiqueta lo había seguido desde la cuna. Tampoco en esta ocasión esperó a que respondiera—. Reciba mis condolencias, desde luego.

—Gracias. Me llamo Coriane —se presentó ella, pues previó que él no preguntaría.

Sólo cuestiona aquello cuya respuesta ya conoce.

Él bajó la cabeza en señal de asentimiento.

—Sí. Y yo le ahorraré la vergüenza de presentarme.

A pesar de su decoro, Coriane sintió que sonreía. Sorbió de nuevo un poco de vino, aunque no supo qué más hacer. Jessamine no la había instruido mucho sobre la manera de conversar con la realeza de la Casa de Calore, y menos aún con el futuro rey. *No hables si no te lo piden,* era todo lo que recordaba, así que apretó los labios hasta formar con ellos una fina línea.

Tiberias dejó escapar una carcajada al verla. Puede ser que ya estuviera un poco ebrio.

—¿Sabe usted lo enfadoso que es tener que conducir todas las conversaciones? —preguntó entre risas—. Hablo con Robert y mis padres más que con cualquier otra persona sólo porque eso es más fácil que arrancarles palabras a otros.

¡Cuánto lo siento!, exclamó ella para sí.

—Eso es horrible —dijo tan recatadamente como pudo—. Quizá cuando sea rey pueda hacer algunos cambios en la etiqueta de la corte.

—Sería agotador —murmuró él en respuesta entre tragos de vino—. Y poco importante, dado el contexto. Hay una guerra en marcha, por si no lo sabía.

Tenía razón. El vino la había calentado un poco.

—¿Una guerra? —preguntó—. ¿Dónde? ¿Cuándo? No he oído sobre eso.

El príncipe volteó en seguida y vio que Coriane sonreía un poco por su reacción. Rio nuevamente e inclinó la botella hacia ella.

—¡Esta vez sí que me sorprendió, Lady Jacos!

Sin dejar de sonreír, se acercó a la banca y se sentó a su lado. No tan cerca para tocarla, aunque ella se paralizó de todas formas y olvidó su tono gracioso. Él fingió que no lo notaba. Ella se esmeró en mantenerse tranquila y alerta.

—Estoy aquí bebiendo bajo la lluvia porque mis padres no ven con buenos ojos que me embriague frente a la corte —su calor se intensificó, junto con su molestia interior. A ella le deleitó esa sensación, porque la libró del frío que le calaba los huesos—. ¿Cuál es el pretexto de usted? No, espere, déjeme adivinar; la sentaron con la Casa de Merandus, ¿no es así?

Ella apretó los dientes y asintió.

—Quien asignó los lugares seguro me odia.

—Los organizadores de fiestas odian sólo a mi madre. No es muy dada a los adornos, las flores ni los diagramas de asientos y ellos creen que descuida sus deberes como reina. Claro que eso es absurdo —añadió rápidamente y tomó otro trago—. Forma parte de más consejos de guerra que mi padre y se prepara lo suficiente por ambos.

Coriane recordó a la reina con su uniforme y un esplendor de insignias en el pecho.

—Es una mujer impresionante —dijo y no supo qué más agregar.

Su mente retornó un segundo al momento en que Elara Merandus miró indignada a la familia real debido a la supuesta capitulación de la reina.

—Así es —afirmó él mientras su mirada iba a dar a la copa de ella, ahora vacía—. ¿Le apetece el resto? —interrogó, y esta vez esperó a que contestara.

—No debería hacerlo —respondió al tiempo que dejaba la copa sobre la banca—. Tengo que regresar al salón. Jessamine, mi prima, ya debe estar furiosa conmigo.

Espero que no me sermonee toda la noche.

El cielo se había ennegrecido y las nubes se habían disipado, llevándose la lluvia consigo para develar brillantes estrellas. La calidez física del príncipe, derivada de su habilidad como quemador, había creado un aura agradable que Coriane se resistía a abandonar. Respiró hondo, inhaló una última bocanada de los magnolios y se obligó a ponerse en pie.

Tiberias se incorporó de un salto, aunque sin descuidar sus buenos modales.

—¿Desea que la acompañe? —preguntó como todo un caballero.

Ella adivinó la renuencia en sus ojos y lo apartó con un gesto.

—No, no nos impondré ese castigo.

Los ojos de él relampaguearon.

—Ahora que habla de castigos, si Elara vuelve a susurrarle algo, trátela con la misma cortesía.

—¿Cómo... cómo supo que fue ella?

Un tormentoso nubarrón de emociones cruzó el rostro del príncipe heredero, la mayoría de ellas desconocidas para Coriane, excepto la ira.

—Ella y cualquiera saben que mi padre convocará pronto a la prueba de las reinas. No dudo que se haya escurrido ya en la cabeza de todas las jóvenes, para conocer a sus enemigas y a sus presas —vació la botella con una celeridad casi violenta, aunque ésta no permaneció así mucho tiempo. Algo echó chispas en la muñeca de él, una explosión de amarillo y blanco que hizo arder una llama bajo el cristal, en cuya jaula verde quemó las últimas gotas de alcohol—. Me han dicho que su técnica es precisa, casi perfecta. Usted no la percibirá si ella no quiere.

Coriane sintió que tragaba hiel. Se concentró en la flama de la botella, así fuera sólo para evitar la mirada de Tiberias. Mientras veía, el calor cuarteó el cristal, sin romperlo.

—Sí —dijo con un tono grave—. No lo percibo.

—Usted es una arrulladora, ¿no? —la voz de él era de súbito tan fuerte como su llama, de un amarillo terrible e intenso detrás del cristal verde—. Dele una probada de su propia medicina.

—No podría. No poseo la destreza para hacerlo. Además, tenemos leyes. No usamos las habilidades contra los nuestros, fuera de los canales apropiados...

Esta vez la risa de él fue sardónica.

—¿Y Elara Merandus cumple la ley? Si ella inicia, responda usted, Coriane. Así es como se acostumbra en mi reino.

—No es su reino todavía —se oyó farfullar, aunque a él no le importó; de hecho, sonrió en forma misteriosa.

—¡Sabía que tenía arrojo, Coriane Jacos! Oculto en su interior.

No es arrojo. Lo que silbaba dentro de ella era cólera, aunque no podría darle voz nunca. Él era el príncipe, el futuro rey, y ella no era nadie en absoluto, lo que representaba una mala excusa para una hija Plateada de una Gran Casa. En lugar de erguirse como deseaba, hizo una reverencia más.

—Su alteza —dijo y fijó los ojos en las botas de él.

El príncipe no se movió, no acortó la distancia entre ellos como lo habría hecho uno de los protagonistas de los libros de Coriane. Tiberias Calore se apartó y la dejó partir sola, de regreso a una guarida de lobos sin otro escudo que su corazón.

Luego de avanzar unos pasos, ella oyó que la botella se hacía trizas contra los magnolios.

Un príncipe extraño y una noche más extraña todavía, escribió después. *No sé si volveré a verlo. Pero parecía estar solo, también. ¿No deberíamos estar solos los dos juntos?*

Al menos Jessamine estaba demasiado embriagada para reprenderme por haber salido tan de prisa.

La vida en la corte no era ni mejor ni peor que en la finca. La gubernatura trajo consigo mayores ingresos, aunque ni por asomo suficientes para elevar a la Casa de Jacos más allá de las comodidades básicas. Coriane no tenía aún una doncella ni la quería, mientras que Jessamine no cesaba de graznar que le hacía falta una asistente. Al menos la casa de Arcón era más fácil de mantener que la finca de Aderonack, que se clausuró después de que la familia fue trasplantada a la capital.

La extraño en cierto modo, escribió Coriane. *El polvo, los jardines enmalezados, el vacío y el silencio. Tantos rincones que fueron míos, lejos de mi padre y de Jessamine, e incluso de Julian.* Lo que más lamentaba era la pérdida de la cochera y los anexos. A pesar de que la familia no había tenido en años un transporte funcional, y menos todavía un chofer, los restos permanecían. Ahí estaba el armazón descomunal del vehículo privado de seis plazas cuyo motor había sido transferido al suelo como si se tratase de un órgano. Estropeados calentadores de agua y viejas calderas desmontadas en busca de partes útiles, por no mencionar las arcaicas herramientas del ya remoto personal de jardinería, llenaban los diversos cobertizos y dependencias. *Dejo atrás varios rompecabezas inconclusos, piezas que no volverán a juntarse nunca. Parece un desperdicio. No de los objetos, sino de mí. ¿Tanto tiempo dedicado a pelar alambres o contar tornillos para qué? ¿Para adquirir conocimientos que no usaré jamás? ¿Conocimientos menospreciados, inferiores, absurdos para todos? ¿Qué hice de mí durante quince años? Una gran estructura de nada. Supongo que extraño la vieja casa porque estaba conmigo en mi vacuidad, en mi silencio. Creí que detestaba la finca, pero creo que odio más la capital.*

Lord Jacos rechazó la petición de su hijo, desde luego. Su heredero no iría a Delphie a traducir ruinosos documentos ni a archivar artefactos despreciables. *No tiene ningún sentido hacerlo,* dijo, como no veía tampoco ningún sentido en casi todo lo que Coriane hacía, una opinión que expresaba con regularidad.

Ambos hijos se abatieron cuando sintieron que su escapatoria les era arrebatada. Incluso Jessamine notó su desaliento, aunque no les dijo nada a ninguno de los dos. Coriane sabía que su vieja prima había sido indulgente con ella en sus primeros meses en la corte, o que lo había sido más con la bebida. Porque por mucho que hablara de Arcón y Summerton, aparentemente ninguna de las dos le gustaba gran cosa, si su consumo de ginebra servía de referencia.

Las más de las veces, Coriane podía escabullirse durante la siesta diaria de Jessamine. Recorrió la ciudad a pie en innumerables ocasiones, con la esperanza de hallar un sitio que fuera de su agrado, del cual asirse en el recién agitado mar de su vida.

No encontró ese lugar, pero sí a una persona.

Él le pidió que le llamara Tibe luego de varias semanas. Un sobrenombre de familia, que usaban la realeza y unos cuantos amigos muy queridos.

—De acuerdo —dijo Coriane al aceptar su solicitud—. Decir *su alteza* era ya un poco desagradable.

Volvieron a verse por casualidad, en el inmenso puente que cruzaba el río Capital y unía ambos lados de Arcón. Era una maravillosa estructura de acero retorcido y hierro apuntalado que sostenía tres niveles de calzadas, plazas y centros de comercio. Más que las tiendas de sedas y los restaurantes de lujo que se alzaban sobre la corriente, a Coriane le interesó el puente mismo, su construcción. Intentó calcular cuántas toneladas de metal estaban bajo sus pies, para lo que sumergió su mente en una oleada de ecuaciones. Al principio no reparó en los centinelas que caminaban en su dirección, ni en el príncipe al que seguían. Él estaba lúcido esta vez, sin una botella en la mano, y ella pensó que pasaría sin mirarla.

En cambio, se detuvo a su lado y ella sintió su calor como un reflujo delicado, similar al roce del sol estival.

—Lady Jacos —le dijo mientras seguía su mirada hasta el acero del puente—, ¿descubrió algo interesante?

Ella inclinó la cabeza, aunque no quiso hacer el ridículo con otra reverencia fallida.

—Eso creo —contestó—. Me preguntaba encima de cuántas toneladas de metal estaremos parados, con la esperanza de que nos soporten.

El príncipe soltó una risotada teñida de nerviosismo. Movió los pies como si comprendiera de repente que, en efecto, se hallaban a una gran altura sobre el agua.

—Intentaré no pensar en eso —murmuró—. ¿Quiere compartir otra noción aterradora?

—¿De cuánto tiempo dispone usted? —preguntó ella al tiempo que esbozaba una sonrisa.

La esbozó apenas, porque algo arrastró al resto hacia abajo. La jaula de la capital no era un lugar grato para Coriane.

Ni para Tiberias Calore.

—¿Me haría el favor de acompañarme? —inquirió éste y le extendió un brazo.

Esta vez Coriane no percibió vacilación en él, ni las elucubraciones de una interrogante. El príncipe ya conocía la respuesta.

—Desde luego.

Y deslizó su brazo en el de él.

Ésta será la última ocasión en que un príncipe sujete mi brazo, pensó mientras atravesaban el puente. En lo sucesivo, pensaría lo mismo en cada oportunidad, y siempre estaría equivocada.

A principios de junio, una semana antes de que la corte abandonara Arcón por el más reducido pero igual de grandioso palacio de verano, Tibe llevó a alguien para que la conociera. Iban a reunirse en el este de Arcón, en el jardín escultórico a las puertas del teatro Hexaprin. Coriane llegó temprano porque Jessamine había empezado a beber durante el desayuno y ella estaba impaciente por escapar. Por una vez, su relativa pobreza resultó una ventaja. Sus prendas eran ordinarias, visiblemente Plateadas, rayadas como estaban con el dorado y amarillo de su casa, más allá de lo cual no eran nada notables. No portaba joya alguna que la señalara como una dama de una Gran Casa, alguien digno de nota, y ni siquiera la seguía un sirviente en uniforme. Los demás Plateados que vagaban entre esa colección de mármoles tallados apenas la vieron, y por una vez le agradó que así fuera.

La cúpula verde del Hexaprin se erguía en lo alto y la cubrió del sol todavía en el cielo. Un cisne negro de liso e impoluto granito se posaba en la cúspide, con el largo cuello arqueado y las alas extendidas, cada una de cuyas plumas había sido esculpida con esmero. Era un monumento hermoso al exceso Plateado, *quizá de factura Roja*, intuyó ella y miró a su alrededor. No había ningún Rojo cerca; trajinaban en la calle. Algunos se detenían a mirar el teatro y alzaban los ojos a un lugar al que nunca entrarían. *Puede ser que algún día traiga a Eliza y a Melanie.* Se preguntó si esto les gustaría a las doncellas o si tal muestra de caridad las avergonzaría.

No alcanzó a resolverlo. La llegada de Tibe borró todos sus pensamientos.

Él carecía de la belleza de su padre pero era guapo a su manera. Tenía una quijada sólida que forcejeaba aún por desarrollar una barba, expresivos ojos dorados y una sonrisa maliciosa. Sus mejillas cambiaban de color cuando bebía y su risa se hacía más intensa, igual que su calor expansivo, aunque en ese momento estaba sobrio como un juez, y agitado. *Nervioso*, se dio cuenta Coriane mientras avanzaba para recibirla en compañía de su séquito.

Él vestía en esta ocasión con sencillez, *aunque no tan modestamente como yo*. No llevaba uniforme, insignias ni nada que indicara que aquél fuese un evento oficial. Portaba un saco simple de color gris sobre una camisa blanca, pantalones rojo oscuro y botas negras tan bien lustradas que resplandecían como un espejo. Los centinelas no iban tan informales. Sus caretas y su indumentaria llameante eran signo suficiente del derecho de primogenitura del heredero.

—Buenos días —dijo y ella vio que golpeteaba su costado con los dedos—. Pensé que podríamos ver *Ocaso de invierno*. Es nueva, de las Tierras Bajas.

Coriane sintió que el corazón le daba un vuelco ante esa posibilidad. El teatro era una extravagancia que su familia apenas podía permitirse y Tibe lo sabía, a juzgar por el brillo en sus ojos.

—¡Claro! Suena maravilloso.

—Bueno —respondió él y enganchó el brazo de ella sobre el suyo.

Aunque esto era ya algo natural para ambos, el brazo de ella se crispó cuando sintió el de él. Coriane había decidido tiempo atrás que lo que existía entre ellos sería sólo amistad. *Él es un príncipe y está atado a la prueba de las reinas*, se decía; de cualquier forma, podía disfrutar de su presencia.

Dejaron el jardín y se dirigieron a los embaldosados peldaños del teatro y a la plaza con una fuente en la entrada. La mayoría hacía alto para abrirles camino mientras miraba al príncipe y a una dama noble enfilar en dirección al edificio. Algunos tomaron fotografías, cuyas luces radiantes deslumbraron a Coriane cuando a Tibe sólo le provocaron sonrisas; ya estaba habituado a este tipo de cosas. En realidad, tampoco a ella le importó. Se preguntó, de hecho, si no habría una manera de atenuar el resplandor de las cámaras para que no incordiaran a los circunstantes. No dejó de pensar en lámparas, cables y vidrios polarizados hasta que Tibe habló.

—Robert vendrá con nosotros, por cierto —soltó en lo que cruzaban el umbral y pisaban un mosaico de cisnes negros con el gesto de echar a volar.

Al principio, Coriane apenas lo oyó, asombrada por la belleza del Hexaprin, con sus paredes de mármol, sus vertiginosas escaleras, su explosión de flores y su techo reflejante del que colgaba una docena de dorados candelabros.

Un segundo después cerró la boca, y cuando se volvió hacia Tibe vio que se había avergonzado en extremo, más que nunca antes.

Parpadeó preocupada. Vio en su imaginación al amante del rey, al príncipe que no era miembro de la familia real.

—Por mí, no hay problema —dijo y procuró no alzar la voz. Comenzaba a formarse ya una muchedumbre, ansiosa de entrar a la función de matiné—. ¿Lo hay para ti?

—No, no, me complace mucho que él venga. Yo... yo se lo pedí —el príncipe tropezaba con las palabras por alguna razón que Coriane no entendía—. Quiero que te conozca.

—¡Ah! —exclamó ella, y no supo qué más decir. Después miró su vestido (ordinario, pasado de moda) y frunció el ceño—. Me habría gustado vestir otro atuendo. No todos los días se conoce a un príncipe —añadió y casi le guiñó un ojo a Tiberias.

Él lanzó una carcajada de alivio y buen humor.

—Ingeniosa, Coriane, muy ingeniosa.

Evitaron las taquillas y la entrada general al recinto. Tibe la hizo subir por una de las sinuosas escaleras para ofrecerle una vista mejor del enorme vestíbulo. Al igual que sobre el puente, ella se preguntó quién había construido aquel lugar, aunque en el fondo lo sabía. Trabajadores Rojos, artesanos Rojos y quizás unos cuantos magnetrones. Sintió la usual punzada de incredulidad. ¿Cómo es posible que los sirvientes produzcan tanta belleza y se les considere inferiores? Son capaces de maravillas diferentes a las nuestras.

Adquirían habilidad mediante el desempeño de su oficio y la práctica, más que por nacimiento. ¿Eso no es incluso mejor que la fuerza Plateada? Pero no pensó demasiado en esas cosas. No lo hacía nunca. *Así es la vida.*

El palco real se situaba al final de un largo pasillo alfombrado decorado con retratos. El príncipe Robert y la reina Anabel aparecían en muchos de ellos, ambos grandes mecenas de las artes en la capital. Tibe los señaló con orgullo y se demoró ante un retrato de Robert y su madre en traje de ceremonia.

—Anabel *aborrece* ese cuadro —dijo una voz al fondo del corredor.

Lo mismo que su risa, la voz del príncipe Robert era melodiosa, y Coriane se preguntó si habría sangre arrulladora en su familia.

El príncipe se deslizó silenciosamente por la alfombra, con zancadas largas y elegantes. *Un seda*, supo Coriane, y recordó que pertenecía a la Casa de Iral. Su aptitud era la agilidad, el equilibrio, lo que le confería una presencia ligera y destreza de acróbata. Su larga cabellera se derramaba en un hombro y relucía en ondas oscuras de un azul casi negro. Mientras se acercaba, Coriane advirtió un tono gris en sus sienes y líneas de expresión alrededor de su boca y sus ojos.

—No cree que nos representen con justicia, son demasiado agraciados; ya conoces a tu madre —continuó hasta detenerse frente al cuadro. Apuntó al rostro de Anabel y después al suyo. Ambos irradiaban juventud y vitalidad, con hermosas facciones y ojos chispeantes—. Yo opino que eso está bien. Después de todo, ¿quién no necesita un poco de ayuda de cuando en cuando? —agregó, con un guiño amable—. Descubrirás eso muy pronto, Tibe.

—No, si puedo evitarlo —replicó este último—. Posar para un retrato es quizás el acto más aburrido en el reino.

Coriane le dirigió una mirada.

—Pero un precio bajo por una corona.

—¡Bien dicho, Lady Jacos, bien dicho! —proclamó Robert entre risas al tiempo que agitaba su cabello—. Debes ser prudente, muchacho. ¿Acaso ya olvidaste tus modales?

—Claro que no —respondió Tibe y le hizo una seña a ella para que se acercara—. Tío Robert, ésta es Coriane, de la Casa de Jacos, hija de Lord Harrus, gobernador de Aderonack. Coriane, éste es el príncipe Robert, de la Casa de Iral, compañero jurado de su real majestad, el rey Tiberias V.

La reverencia de ella había mejorado en los últimos meses, aunque no mucho. De todos modos intentó hacerla, pero Robert la jaló para darle un abrazo. Él olía a lavanda y a... ¿pan horneado?

—Es un placer al fin conocerla —dijo mientras retrocedía. Por una vez, Coriane no se sintió examinada. Él no traslucía la menor maldad y le sonreía cordialmente—. Vamos, la función está por comenzar —al igual que Tibe, la tomó del brazo y le palmeó la mano como un abuelo cariñoso—. Usted se sentará a mi lado, por supuesto.

Algo se tensó en el pecho de Coriane, una sensación desconocida. ¿Era... felicidad? Así lo creyó.

Sonrió ampliamente, y cuando miró por encima del hombro vio que Tibe los seguía, la observaba y exhibía una sonrisa de alivio y regocijo.

Tibe fue con su padre al día siguiente a pasar revista a las tropas en una fortaleza en Delphie, lo que dejó a Coriane en libertad de visitar a Sara. La Casa de Skonos poseía una residencia opulenta en las lomas del oeste de Arcón, pero disfrutaba asimismo de algunas cámaras en el Palacio del Fuego Blanco, por si la familia real tenía necesidad en algún momento de un hábil sanador de la piel. Sara la recibió sola en las puertas, con una sonrisa perfecta para los vigilantes y una advertencia para ella.

—¿Qué pasa? ¿Ocurre algo? —susurró Coriane tan pronto como llegaron a los jardines frente a los aposentos de los Skonos.

Sara la llevó más allá entre los árboles hasta que estuvieron cerca de una pared cubierta de enredaderas y flanqueada por unos rosales inmensos que las ocultaban a ambas. Una vibración de pánico invadió a Coriane. ¿Qué habrá sucedido? ¿Les pasó algo a los padres de Sara? *¿Julian se equivocó y ella nos abandonará para irse a la guerra?* De manera egoísta, esperaba que tal no fuera el caso. Quería a

Sara tanto como Julian, pero no estaba tan dispuesta como él a verla partir, ni siquiera en pos de sus aspiraciones. Ese solo pensamiento la llenó de pavor e hizo que las lágrimas acudieran a sus ojos.

—¿Te vas a ir, Sara... te irás a...? —tartamudeó, aunque su amiga la frenó con un gesto.

—No tiene nada que ver conmigo, Cori. ¡Y no te atrevas a llorar! —añadió y se obligó a reír mientras la abrazaba—. Lo siento, no quise alarmarte. Sólo quería que habláramos a solas.

Coriane se sintió aliviada.

—Doy gracias a mis colores —dijo entre dientes—. ¿Qué exige entonces tanto misterio? ¿Tu abuela volvió a pedirte que le depilaras las cejas?

—No, y espero que no vuelva a hacerlo.

—¿Entonces qué?

—Conociste al príncipe Robert.

Coriane echó a reír.

—¿Y eso qué importa? Estamos en la corte, todos *conocen* a Robert...

—Todos lo conocen, pero no todos tienen audiencias privadas con el amante del rey. De hecho, él no es bien mirado, en absoluto.

—No imagino por qué. Es quizá la persona más amable aquí.

—Por envidia antes que nada, y algunas de las Casas más tradicionales piensan que no está bien que se le haya elevado tanto. *Cortesano* es el término que más se usa contra él.

Las mejillas de Coriane se encendieron de enojo y de pena por Robert.

—Bueno, si conocerlo y estimarlo es un escándalo, no me preocupa en lo más mínimo. Ni a Jessamine, en realidad; se emocionó mucho cuando le expliqué...

—El escándalo no se debe a Robert, Coriane —Sara la tomó de las manos y ella sintió que algo de la habilidad de su amiga penetraba en su piel. Un tacto fresco que significaba que la herida que se había hecho el día anterior desaparecería en un abrir y cerrar de ojos—. Se debe al príncipe heredero y a ti, a su cercanía. Todos saben que la familia real es muy unida, en particular en lo que se refiere a Robert. Lo valora y protege sobre todas las cosas. Si Tiberias quiso que ustedes dos se conocieran es que...

A pesar de la sensación agradable, Coriane se apartó de Sara.

—Somos amigos. Esto no puede ni podrá ser nunca otra cosa —forzó una risa muy distinta a la habitual—. No es posible que tú creas que Tibe me ve como algo más, que *quiera* o *pueda querer* algo más de mí, ¿o sí?

Supuso que su amiga reiría con ella, que desdeñaría todo eso como una broma. En cambio, Sara jamás se había comportado tan seria.

—Todo apunta a que sí, Coriane.

—Pues te equivocas. Yo no, tampoco él, y además hay que pensar en la prueba de las reinas. Tendrá que ser pronto, él ya es mayor de edad y a mí nadie me elegiría nunca.

Sara la tomó otra vez de las manos y se las apretó suavemente.

—Creo que él lo haría.

—¡No me digas eso...! —susurró Coriane —miró las rosas, pero lo que veía era el rostro de Tibe. Ya le era conocido, después de varios meses de amistad. Conocía su nariz, sus labios, su mandíbula y más que nada sus ojos. Despertaban algo en ella, una afinidad que no sabía que pudiera tener con otra persona. Se veía en ellos, su propio dolor, su propia alegría. *Somos iguales*, pensó. *Buscamos algo que nos mantenga firmes, solos los dos en una habitación llena de gente*—. Es imposible. Y decirme esto, darme esperanzas con él... —suspiró y se mordió el labio—. No necesito esa pena adicional. Él es mi amigo y yo lo soy de él. Eso es todo.

Sara no era dada a las fantasías ni a las ilusiones. Se ocupaba de curar huesos fracturados, no corazones rotos. Así que Coriane no tuvo otro remedio que creerle, aun contra sus propias reservas.

—Amigos o no, eres la favorita de Tibe. Y sólo por eso debes cuidarte. Él acaba de colocar una diana en tu espalda y todas las jóvenes de la corte lo saben.

—Todas las jóvenes de la corte apenas saben quién soy, Sara.

De cualquier modo, volvió alerta a casa.

Y esa noche soñó que unos puñales envueltos en seda la hacían pedazos.

No habría prueba de las reinas. Transcurrieron dos meses en la Mansión del Sol y la corte esperaba el anuncio con cada amanecer. Damas y caballeros importunaban al rey con la pregunta de cuándo elegiría el príncipe a una esposa de entre sus hijas. Pero él no se dejaba presionar y enfrentaba a todos con sus bellos e impasibles ojos. La reina Anabel adoptó la misma actitud y no daba indicio alguno del momento en que su hijo cumpliría su más importante deber. Sólo el príncipe Robert tenía el descaro de sonreír, con plena conciencia de la tempestad que se avizoraba en el horizonte. Los rumores aumentaron al paso de los días. Se preguntaban si acaso Tiberias era igual que su padre y prefería a los hombres sobre las mujeres, pese a lo cual estaría obligado a escoger una reina que le diera hijos. Otros fueron más listos y seguían el rastro de las migajas que Robert tenía la bondad de ofrecerles, las que pretendían ser señales útiles y gentiles. "El príncipe ha puesto en claro su decisión y ningún ruedo lo hará cambiar de parecer".

Coriane Jacos cenaba regularmente con Robert, lo mismo que con la reina Anabel. Ninguno de los dos escatimaba elogios para la joven, tanto así que los chismosos se preguntaban si la Casa de Jacos era en verdad tan débil como parecía. "¿Es un ardid?", inquirían. "¿Una mala pantalla para esconder un rostro poderoso?" Los cínicos entre ellos tenían otras explicaciones. "Ella es una arrulladora, una manipuladora. Vio al príncipe a los ojos e hizo que se enamorara de ella. No sería la primera ocasión en que alguien infringe nuestras leyes por una corona."

A Lord Harrus le deleitaba esta renovada atención. La usó como palanca para cambiar el futuro de su hija por tetrarcas y crédito. Pero era un mal practicante de un juego complicado. Perdía todo lo que le prestaban, porque apostaba a las cartas tanto como a los certificados del Tesoro y emprendía negocios costosos e irreflexivos para *mejorar* la región bajo su mando. Fundó dos minas a instancias de Lord Samos, quien le aseguró que había ricas vetas de hierro en las montañas de Aderonack. Ambas fracasaron en cuestión de semanas, sin producir otra cosa que tierra.

Julian era el único que tenía conocimiento de esas quiebras, y procuraba esconderlas a su hermana. Tibe, Robert y Anabel hacían lo propio, para resguardarla de los chismes más arteros, y se aliaron con Julian y Sara en el propósito de mantener a Coriane dichosamente sumida en su ignorancia. Claro que ella se enteraba de todo, a pesar de tantas precauciones. Y para que su familia y amigos no se preocuparan, para tenerlos *a ellos* felices, aparentaba ser la misma de siempre. Sólo su diario sabía del costo de tales mentiras.

Papá nos llevará directo a la ruina. Se ufana de mí con sus supuestos amigos, a los que les dice que seré la próxima soberana de este reino. Nunca antes me había prestado atención, e incluso ahora es ínfima y no por mi bien. Si me ama hoy es debido a otro, a Tibe. Sólo cuando alguien más ve valor en mí, él se digna a hacer lo mismo.

Por culpa de su padre soñaba en una prueba de las reinas en la que no ganaba, por lo que se le descartaba y devolvía a la antigua finca. Una vez ahí, se las arreglaba para descansar por siempre en el sepulcro familiar, junto al quieto y desnudo cuerpo de su tío. Cuando el cadáver se movía y unas manos se dirigían a su garganta, despertaba empapada en sudor y ya no podía conciliar el sueño el resto de la noche.

Julian y Sara me creen débil, frágil, una muñeca de porcelana que se hará añicos si la tocan, escribió. *Peor todavía, empiezo a creer que están en lo cierto. ¿De veras soy tan quebradiza? ¿Tan inútil? De seguro puedo ayudar de algún modo, si Julian preguntara, ¿no? ¿Las lecciones de Jessamine son todo lo que puedo hacer? ¿En qué me estoy convirtiendo en este lugar? Dudo que recuerde incluso cómo reparar un circuito dañado. Ya no me reconozco. ¿En esto consiste volverse adulto?*

Por culpa de Julian, se soñaba en una hermosa habitación cuyas puertas y ventanas estaban cerradas y en la que nada ni nadie le hacía compañía, ni siquiera libros. No había nada que la perturbara. La habitación se convertía siempre en una jaula de barrotes dorados que se encogía hasta herir su piel, y entonces despertaba.

No soy el monstruo que los rumores imaginan. No he hecho nada, no he manipulado a nadie. Ni siquiera he intentado utilizar mi habilidad desde hace meses, pues Julian ya no tiene tiempo para enseñarme. Pero ellos no lo creen. Veo cómo me miran, incluso los susurros de la Casa de Merandus. Incluso Elara. No la he oído dentro de mi cabeza desde el banquete, cuando sus mofas me arrojaron a los brazos de Tibe. Quizás esto le enseñó más que entrometerse. O tal vez teme mirarme a los ojos y oír mi voz, como si yo fuera un digno rival de sus susurros afilados. No lo soy, por supuesto. Estoy totalmente indefensa contra personas como ella. Quizá debería darle las gracias a quien inició el rumor. Impide a depredadores como ella convertirme en su presa.

Por culpa de Elara, soñaba que unos ojos azul hielo seguían cada uno de sus pasos y la veían ponerse una corona. La gente se inclinaba bajo su mirada y se burlaba cuando ella se volvía, pues conspiraba contra su reina recién coronada. Le temía y la odiaba en la misma medida, cada cual un lobo a la espera de que ella se revelara como un cordero. En el sueño entonaba una canción sin palabras que no hacía sino aumentar la sed de sangre de sus enemigos. A veces la mataban, otras la ignoraban y otras más la metían en una celda. Todos estos casos le impedían dormir por igual.

Hoy Tibe me dijo que me ama, que quiere casarse conmigo. No le creo. ¿Por qué querría tal cosa? Soy una persona insignificante, sin belleza ni intelecto, sin fuerza ni poder para ayudar a su reino. No soy para él más que una carga y un motivo de preocupación. Necesita alguien fuerte a su lado, una persona que sonría a los chismes y venza sus propias dudas. Tibe es tan débil como yo, un muchacho solitario sin un camino propio. Yo sólo complicaré las cosas. Sólo le traeré penas. ¿Cómo es posible que haga eso?

Por culpa de Tibe, soñaba que dejaba la corte para siempre, como Julian quería hacerlo para impedir que Sara se quedase ahí. Los lugares variaban cada noche. Huía a Delphie, Harbor Bay o las Tierras Bajas, o incluso a la comarca de los Lagos, cada una de ellas representada con matices de negro y gris. Ésas eran ciudades fantasmas que la devoraban y la escondían del príncipe y la corona que ofrecía. Pero también la asustaban. Y estaban vacías siempre, incluso de espíritus. En estos sueños, ella terminaba sola. Despertaba calmadamente de ellos en la mañana, con lágrimas secas y el corazón afligido.

Pese a todo, no tenía fuerzas para decirle que no.

Cuando Tiberias Calore, heredero del trono de Norta, se hincó a sus pies con un anillo en la mano, ella lo aceptó. Sonrió. Lo besó. Le dio el sí.

—Me has hecho más feliz de lo que creí ser nunca —le dijo Tibe.

—Conozco esa sensación —observó ella, y hablaba en serio.

Era feliz, sí, a su manera, y hasta donde sabía.

Pero hay una diferencia entre una vela en la oscuridad y un amanecer.

Hubo oposición entre las Grandes Casas. Después de todo, la prueba de las reinas era su derecho a casar al más noble de los hijos con la más talentosa de las hijas. Las Casas de Merandus, Samos y Osanos habían sido alguna vez las favoritas y sus hijas no se habían preparado para ser reinas sólo para que una cualquiera les arrebatara la corona. Pero el rey se mantuvo firme. Y había precedentes. Al menos dos reyes Calore se habían casado fuera del valladar de la prueba de las reinas. Tibe sería el tercero.

Como para pedir perdón por el desaire de la prueba de las reinas, el resto de las nupcias fue rígidamente tradicional. Se aguardó hasta que Coriane cumpliera los dieciséis años en la primavera siguiente para obtener el compromiso de matrimonio, lo que permitió a la familia real convencer, amenazar y comprar la aceptación de las Grandes Casas. Al cabo, todos aceptaron las condiciones. Coriane Jacos sería reina, pese a lo cual sus hijos estarían sujetos a bodas de conveniencia política. Aunque ella discrepó, Tibe se doblegó a este acuerdo y ella no pudo negarse.

Jessamine se atribuyó el mérito de todo, desde luego. Mientras cubrían a Coriane con su vestido de novia, una hora antes de que se casara con un príncipe, la vieja prima gorjeó al otro lado de un gran espejo:

—¡Mira tu porte, esos huesos son Jacos! Esbelta, grácil, como un ave.

Ella no sentía nada de eso. *Si fuera un ave, podría irme volando con Tibe.* Su diadema, la primera de muchas, se le clavaba en la cabeza. No era un buen augurio.

—Después se vuelve tolerable —susurró la reina Anabel en su oído.

Quiso creerle.

En ausencia de su madre, Coriane había aceptado a Anabel y a Robert como sus padres sustitutos. En un mundo perfecto, incluso ella habría llegado al altar del brazo de Robert, en reemplazo de su padre, quien no se reponía aún de sus cuitas. Como regalo de bodas, Harrus había pedido una asignación de cinco mil tetrarcas; al parecer no entendía que los presentes suelen darse a la novia, no solicitarse de ella. Pese a su inminente posición suprema, había perdido su gubernatura debido a malos manejos. Ya en terreno resbaladizo a causa del heterodoxo matrimonio de Tibe, la familia real no pudo ayudarle y la Casa de Provos asumió alegremente el gobierno de Aderonack.

Después de la ceremonia y el banquete, y de que Tibe se quedara dormido en su nueva habitación, Coriane garabateó en su diario. Su caligrafía era apresurada, confusa, con letras torcidas y páginas manchadas de tinta. Ya no escribía muy a menudo.

Acabo de casarme con un príncipe que un día será rey. Los cuentos de hadas suelen terminar aquí. Las historias no van más allá de este momento, y temo que hay una buena razón de ello. Hoy prevaleció una sensación de temor, una nube negra de la que no puedo librarme aún. Es un malestar en lo más hondo de mi ser, que consume mis fuerzas. O quizás he contraído una enfermedad, lo cual sería enteramente posible. Sara lo sabrá.

Sueño todavía con sus ojos. Los de Elara. ¿Es posible... podría ser que sea ella la que me provoca estas pesadillas? ¿Los susurros pueden hacer algo así? Debo saberlo. Debo. Debo. DEBO.

Para su primera aparición como princesa de Norta, empleó a un tutor apropiado y llevó a Julian a su casa, a fin de que ambos le ayudaran a poner a punto su habilidad y a defenderse de lo que ella denominaba *molestias*, palabra cuidadosamente elegida. Una vez más, había decidido no revelarle a nadie sus problemas e impedir que su hermano se preocupara, igual que su nuevo esposo.

Ambos estaban distraídos, Julian con Sara y Tibe con otro bien guardado secreto.

El rey estaba enfermo.

Pasaron dos largos años antes de que la corte supiera que sucedía algo.

—Es así desde hace tiempo —dijo Robert, con una mano en la de Coriane.

Estaba en un balcón con él, cuyo rostro era la imagen misma de la aflicción. El príncipe conservaba todavía su garbo y sus sonrisas, pero su vigor se había marchitado y su piel se había vuelto oscura y cenicienta, sin vida. Daba la impresión de que moría junto con el rey. Pero la de Robert era una dolencia del corazón, no de los huesos y la sangre, como decían los sanadores sobre las enfermedades del monarca. Tiberias estaba cundido de un corrosivo cáncer que le generaba tumores y putrefacción.

Robert temblaba pese a que el sol no se había puesto todavía, por no hablar del aire cálido del verano. Coriane sentía sudor en la nuca, pero tenía frío dentro, como él.

—Los sanadores de la piel no pueden hacer nada. ¡Sería otra cosa si Tiberias se hubiera fracturado la columna!

La risa de Robert sonó hueca, como una canción sin notas. El rey no había muerto aún y su compañero era ya un esqueleto. Y aunque ella temía por su suegro, pues sabía que le aguardaba una dolorosa muerte por enfermedad, le aterraba perder a Robert también. *No puede sucumbir a esto. No se lo permitiré.*

—Está bien, no hace falta explicar —murmuró. Contuvo sus lágrimas, a pesar de que cada palmo de su ser esperaba que las derramara. ¿Cómo es posible que esté pasando esto? ¿Acaso no somos Plateados? ¿No somos dioses?—. ¿Él necesita algo? ¿Lo necesitas tú?

Robert esbozó una sonrisa vacía. Lanzó una mirada al vientre de ella, no redondeado aún por la vida que llevaba dentro. Un príncipe o una princesa, Coriane no lo sabía.

—A él le habría gustado conocerlo.

La Casa de Skonos lo probó todo, incluso hacerle al rey transfusiones de sangre con la cual sustituir la suya propia. Pero su mal, cualquiera que fuese, no desapareció. Lo debilitaba cada día más rápido. Aunque por lo común permanecía a su lado en su alcoba, esta vez Robert había dejado solo a Tiberias con su hijo, y Coriane sabía la razón. El fin se acercaba. La corona sería transferida y había cosas que únicamente Tibe podía conocer.

El día en que el rey murió, Coriane señaló la fecha y coloreó con tinta negra la página de su diario. Hizo lo mismo meses después, por Robert. Él ya no tenía ánimos para vivir y su corazón se negó a palpitar. Algo lo corroía también, y al final se lo tragó por completo. No pudo hacerse nada. Nadie pudo impedir que emprendiera el vuelo a las tinieblas. Coriane lloró amargamente mientras entintaba en su diario el último día de aquel príncipe.

Mantuvo esa tradición. Páginas negras para muertes negras. Dedicó una a Jessamine, cuyo cuerpo ya era simplemente demasiado viejo para continuar. Otra a su padre, quien halló su fin en el fondo de una botella.

Y tres más para los abortos que sufrió al paso de los años. Todos acontecieron de noche, justo después de una violenta pesadilla.

C oriane tenía veintiún años y estaba embarazada por cuarta ocasión.

No se lo dijo a nadie, ni siquiera a Tibe. No quería causarle ese dolor. Sobre todo, no quería que nadie lo supiera. Si de verdad Elara Merandus la atormentaba todavía y volvía a su cuerpo en contra de sus hijos por nacer, no quería ningún anuncio acerca de un posible bebé en el palacio.

Los temores de una reina frágil no eran motivo para desterrar a una Gran Casa, y menos aún a una tan poderosa como la de Merandus. Elara continuaba en la corte, y era la última de las tres favoritas de la prueba de las reinas que no se había casado todavía. No se le insinuaba a Tibe. Al contrario, pedía con regularidad que se le contara entre las damas de Coriane, y con igual regularidad su solicitud era rechazada.

Será una sorpresa cuando la busque, pensaba Coriane mientras repasaba su modesto pero indispensable plan. *La tomaré desprevenida, lo bastante sorprendida para que yo pueda actuar.* Había practicado con Julian, Sara y hasta Tibe. Sus habilidades estaban mejor que nunca. *Venceré.*

El baile de despedida que señalaba el fin de la temporada en el palacio de verano era la pantalla perfecta. ¡Tantos invitados, tantas mentes! Acercarse a Elara sería fácil. Ella no imaginaría que la reina Coriane habría de dirigirle la palabra, y menos aún que la arrullaría. Pero haría ambas cosas.

Se cercioró de vestirse para la ocasión. Incluso ahora, con la riqueza de la corona a su alcance, se sentía fuera de lugar en sus sedas de oro y carmesí, una niña que jugara a disfrazarse contra las damas y caballeros a su alrededor. Tibe silbó como siempre, le dijo que se veía hermosa y le aseguró que era la única mujer para él, en este mundo o en cualquier otro. Aunque normalmente esto la apaciguaba, ahora estaba nerviosa, atenta a la tarea que pendía sobre sí.

Todo avanzaba demasiado lento y demasiado rápido para su gusto: la cena, el baile, el encuentro con tantas sonrisas despreciativas y tantos ojos entrecerrados. Ella era todavía la reina arrulladora para muchas de esas personas, una mujer que había llegado al trono a fuerza de conjuros. *¡Ojalá fuera cierto! ¡Ojalá fuese yo lo que ellos creen! Porque entonces Elara sería un ser sin importancia, y yo no pasaría despierta cada noche, con miedo a dormir, con miedo a soñar.*

Su oportunidad llegó bien avanzada la noche, cuando el vino escaseaba y Tibe había optado por su precioso whiskey. Se apartó de su lado y dejó que Julian se ocupara de su embriagado rey. Ni siquiera Sara reparó en que su soberana se escabullía, para cruzarse en el camino de Elara Merandus cuando pasó cadenciosamente junto a las puertas de la terraza.

—¿Querría salir un momento conmigo, Lady Elara? —le preguntó con los ojos muy abiertos, concentrados como un láser en los de ella.

Cualquiera que hubiese pasado por ahí habría notado que su voz sonaba como una música y un coro al mismo tiempo, elegante, sugerente, peligrosa. Era un arma tan devastadora como la llama de su esposo.

Sin titubear, Elara fijó sus ojos en los de Coriane, y la reina sintió que su corazón latía con fuerza. *Concéntrate*, se dijo. *¡Concéntrate, maldita sea!* Si la Merandus no lograba ser subyugada, ella se vería condenada a algo peor que sus pesadillas.

Pero lenta, perezosamente, Elara dio un paso atrás, sin romper el contacto visual.

—Sí —respondió desganada y empujó con una mano la puerta que conducía a la terraza.

Mientras salían juntas, Coriane la tomó de un hombro, para impedir que vacilara. La noche estaba húmeda y calurosa; eran los últimos estertores del verano en el norte del valle ribereño. Coriane no sintió nada de esto. Los ojos de Elara eran lo único que tenía en la cabeza.

—¿Ha estado jugando con mi mente? —fue directo al grano.

—No desde hace tiempo —respondió Elara, con la mirada perdida.

—¿Cuándo fue la última vez?

—El día de su boda.

Coriane parpadeó sobresaltada. *¿Hace tanto?*

—¿Qué...? ¿Qué hizo usted?

—La hice tropezar —una sonrisa sutil alteró las facciones de Elara—. La hice tropezar con su vestido.

—¿Eso... fue todo?

—Sí.

—¿Y los sueños? ¿Y las pesadillas?

Elara no contestó. *Porque no tiene nada que decir*, comprendió Coriane. Tomó aire y aguantó las ganas de llorar. *Estos temores son míos. Lo han sido siempre. Siempre lo serán. Algo me pasaba antes de llegar a la corte y me pasa todavía tanto tiempo después.*

—Volvamos —siseó al fin—. No recuerde nada de esto.

Cuando se apartó, rompió el contacto visual que tan desesperadamente había necesitado para mantener a Elara bajo control.

Como quien acaba de despertar, Elara parpadeó rápidamente. Le lanzó a la reina una mirada de confusión antes de alejarse a toda prisa, de regreso a la fiesta.

Coriane siguió la dirección contraria, hacia la balaustrada de piedra que ceñía la terraza. Se inclinó sobre ella e intentó recuperar el aliento, intentó no gritar. La vegetación se tendía a sus pies, un jardín de fuentes y rocas a más de diez metros bajo ella. Durante un segundo de parálisis, contuvo el impulso de saltar.

Al día siguiente tomó un guardia a su servicio, para que la protegiera de cualquier habilidad Plateada que alguien quisiera usar en su contra. Si no de Elara, seguramente de alguien más de la Casa de Merandus. No podía creer que su mente escapara a su control, feliz un segundo y angustiada al siguiente, como si diera tumbos entre sus emociones al modo de una cometa al viento.

El guardia pertenecía a la Casa de Arven, la Casa silente. Se llamaba Rane y era un salvador vestido de blanco que juró defender a su reina contra toda adversidad.

Llamaron Tiberias al bebé, como era la costumbre. A Coriane no le agradaba ese nombre, pero lo aceptó a petición de Tibe, quien le aseguró que llamarían Julian al siguiente. Era un bebé rollizo que sonrió pronto, reía a menudo y crecía a pasos agigantados. Lo apodaron Cal para distinguirlo de su padre y su abuelo. El mote prosperó.

El chico era el sol en el cielo de Coriane. En los días difíciles, disipaba la oscuridad. En los buenos, iluminaba el mundo. Cuando Tibe partió varias semanas al frente, ahora que la guerra volvía a intensificarse, Cal la mantuvo a salvo. Tenía unos meses de vida y ya era mejor que cualquier otro escudo en el reino.

Julian adoraba al niño, le llevaba juguetes y le leía. Cal solía desarmar cosas y rearmarlas mal, para deleite de Coriane. Ella dedicaba largas horas a volver a juntar los regalos que él destrozaba, lo que divertía a ambos.

—Será más corpulento que su padre —dijo Sara. Ella era no sólo la principal dama de honor de Coriane, sino también su doctora—. Es un muchacho vigoroso.

Aunque estas palabras habrían fascinado a cualquier otra madre, Coriane les temió. *Más corpulento que su padre, un muchacho vigoroso.* Sabía lo que eso significaba para un príncipe Calore, un heredero de la Corona Ardiente.

Él no será un soldado, escribió en su diario. *Le debo eso. Los hijos e hijas de la Casa de Calore han combatido durante demasiado tiempo, este país ha tenido siempre un rey guerrero. Durante demasiado tiempo hemos estado en guerra, en el frente y... y dentro también. Puede ser que escribir estas cosas se considere un crimen, pero soy una reina. Soy la reina. Puedo decir y escribir lo que pienso.*

Al paso de los meses, Coriane pensaba cada vez más en el hogar de su infancia. La finca había desaparecido, demolida por los gobernadores Provos, despojada de sus recuerdos y fantasmas. Estaba demasiado cerca de la frontera Lacustre para que Plateados de verdad vivieran ahí, aunque las hostilidades se restringían a los territorios bombardeados del Obturador. Pocos Plateados caían, mientras que los Rojos morían a millares. Se les reclutaba en todos los rincones del reino y se les obligaba a servir y combatir. *Mi reino,* sabía Coriane. *Mi esposo firma cada renovación de alistamiento, no detiene el ciclo jamás, sólo se queja del calambre en su mano.*

Miró a su hijo en el suelo, que sonreía con un solo diente y golpeaba entre sí un par de piezas de madera. *Él no será igual,* murmuró.

Las pesadillas regresaron con toda su fuerza. Esta vez soñaba que su bebé crecía, vestía una armadura, lideraba a soldados y los lanzaba contra una cortina de humo. Él los seguía y no regresaba nunca.

Ojerosa y cansada, escribió el que sería el penúltimo episodio de su diario. Las palabras parecían haber sido talladas en la página. No había dormido en tres días; no habría soportado volver a soñar que su hijo agonizaba.

Los Calore son criaturas del fuego, tan fuertes y destructivas como su flama, pero Cal no será como ellos. El fuego puede destruir, el fuego puede matar, pero también puede crear. El bosque quemado en el verano florecerá en la primavera, mejor y más fuerte que antes. La llama de Cal construirá y fincará sobre las cenizas de la guerra. Las armas callarán, el humo se disipará y los soldados, Rojos y Plateados por igual, volverán a casa. Después de cien años de guerra, mi hijo traerá la paz. No morirá combatiendo. No lo hará. No lo hará.

Tibe se había marchado a Fort Patriot, en Harbor Bay. Pero Arven estaba en su puerta, y su presencia formaba una burbuja de alivio. *Nada puede tocarme mientras él esté aquí,* pensó al tiempo que alisaba el sedoso cabello de Cal. *La única persona en mi cabeza soy yo.*

La niñera que llegó a recoger al bebé notó la agitación de la reina, sus manos temblorosas, sus ojos vidriosos, pero no dijo nada. No le correspondía hacerlo.

Otra noche llegó y se fue. Una vez más, Coriane no pudo dormir, y escribió el último pasaje de su diario. Dibujó flores alrededor de cada palabra. Capullos de magnolia.

La única persona en mi cabeza soy yo.

Tibe no es el mismo ya. La corona lo ha cambiado, como lo temiste. El fuego está dentro de él, el fuego que hará arder el mundo entero. Y está en tu hijo, en el príncipe cuya sangre no cambiará nunca y que jamás se sentará en un trono.

La única persona en mi cabeza soy yo.

La única persona que no ha cambiado eres tú. Eres todavía la niña en una habitación empolvada, olvidada, no deseada, fuera de lugar. Eres la reina de todo, la madre de un hijo hermoso, la esposa de un rey que te ama, y a pesar de eso no eres capaz de sonreír.

A pesar de eso no haces nada.

A pesar de eso estás vacía.

La única persona en tu cabeza eres tú.

Y es una persona insignificante.

Es nada.

A la mañana siguiente, una doncella encontró su corona nupcial rota sobre el suelo, una explosión de perlas y oro retorcido. Había plata en ella, sangre oscura tras el paso de las horas.

El agua de la tina era negra.

El diario quedó inconcluso, y no fue visto por quien habría debido leerlo.

Sólo Elara vio sus páginas, y la lenta descomposición de la mujer dentro.

Destruyó el libro como destruyó a Coriane.

Y sus noches siguieron sin sueños.

CICATRICES DE ACERO

EL SIGUIENTE MENSAJE HA SIDO DESCIFRADO
CONFIDENCIAL, SE REQUIERE AUTORIZACIÓN DE LA COMANDANCIA

Día 61 de operación LACUSTRE, etapa 3.
Agente: Coronel CLASIFICADO.
Denominación: CARNERO.
Origen: Solmary, CL.
Destino: COMANDANCIA en CLASIFICADO.

—Operación LACUSTRE concluida antes de lo previsto, se considera exitosa. Canales y puntos de bloqueo de LAGOS PERIUS, MISKIN y NERON bajo control de la Guardia Escarlata.

—Agentes AZOTE y ÓPTICO controlarán avance de LACUSTRE, se mantendrán en estrecho contacto, abrirán canales con BASE MÓVIL y COMANDANCIA. Protocolo de tomar posición e informar, a la espera de órdenes de acción.

—Retorno a TRIAL con CORDERO ahora.

—Resumen de LACUSTRE: muertos en acción: D. FERRON, T. MILLS, M. PERCHER (3).

—Heridos: PRESTO, ESPOLETA (2).

—Conteo de bajas Plateadas (3): guardaflora (1), coloso (1), ¿sanador de la piel? (1).

—Conteo de bajas civiles: desconocido.

NOS LEVANTAREMOS, ROJOS COMO EL AMANECER.

—*Se avecinan tormentas.*

El coronel habla para llenar el silencio. Su ojo sano encuentra una grieta en la pared del compartimiento y se clava en el horizonte. El otro mira fijamente, aunque apenas puede ver a través de una película de sangre escarlata. Esto no es ninguna novedad. Su ojo izquierdo ha estado así desde hace varios años.

Sigo su mirada a través de las tablillas en la madera traqueteante. Varias nubes oscuras se aglomeran a unos cuantos kilómetros, como si quisieran esconderse detrás de las arboladas montañas. Se oye un trueno a lo lejos. No le presto atención. Sólo espero que la tormenta no entorpezca la marcha del tren y nos obligue a pasar ocultos aquí un segundo más, bajo el piso falso de un vagón de carga.

No tenemos tiempo para tormentas eléctricas ni conversaciones inútiles. Yo no he dormido en días y tengo el semblante para probarlo. No quiero más que silencio y unas horas de descanso antes de que volvamos a la base, en Trial. Por suerte, aquí no hay mucho que hacer aparte de acostarse. Soy demasiado alta para caber en un espacio así, y el coronel también. Ambos tenemos que tumbarnos y agacharnos lo más posible en este sombrío cajón. Pronto será de noche y sólo la oscuridad nos hará compañía.

No puedo quejarme del medio de transporte. En el viaje a Solmary pasamos la mitad del trayecto en una barcaza que transportaba fruta; se atascó en el lago Neron y la mayor parte del cargamento se pudrió. Dediqué la primera semana de operaciones a lavar mi ropa para evitar aquella peste. Y nunca olvidaré el caos antes de que empezáramos en Lacustre, en Detraon. Luego de tres días en un vagón de ganado, nos encontramos con que la capital Lacustre estaba totalmente fuera de nuestro alcance. Demasiado cerca del Obturador y el frente de guerra para tener defensas de tan mala calidad, una verdad que yo pasé gustosamente por alto. Pero no era un oficial entonces, ni fue mi decisión tratar de infiltrar una capital Plateada sin la inteligencia ni el apoyo adecuados. Fue del coronel. Él no pasaba de ser un capitán en ese tiempo, con el nombre en clave de Carnero y demasiadas cosas que demostrar, demasiadas cosas por las cuales luchar. Yo simplemente me adherí a él, y era apenas poco más que un soldado. Tenía cosas que demostrar también.

Él mira el paisaje con los ojos entrecerrados aún. No para ver afuera, sino para no mirarme. *Está bien*. A mí tampoco me gusta mirarlo.

Mala sangre o no, formamos un buen equipo. La comandancia lo sabe, nosotros lo sabemos y por eso nos despachan juntos todavía. Detraon fue nuestro único tropiezo en una marcha interminable por la causa. Y por ellos, por la Guardia Escarlata, hicimos en todo momento a un lado nuestras diferencias.

—¿Tiene alguna idea de adónde nos dirigimos ahora? Al igual que el coronel, no soporto el pesado silencio.

Él aparta la mirada de la pared y frunce el ceño, aunque sin ver todavía en mi dirección.

—Usted bien sabe que estas cosas no funcionan así.

Llevo dos años como oficial, dos más como soldado de la Guardia y una vida entera bajo su sombra. *Sé cómo funcionan estas cosas*, quisiera escupir.

Nadie sabe más de lo que debe. A nadie se le dice nada ajeno a su operación, su escuadrón, sus superiores inmediatos. La información es más peligrosa que cualquier arma que poseamos. Aprendimos esto pronto, después de décadas de alzamientos fallidos, todos frustrados por la captura de un Rojo a manos de un susurro Plateado. Ni siquiera el soldado mejor instruido puede resistir un ataque a la mente. Siempre les arrancan la verdad, sus secretos siempre son descubiertos. Así que mis agentes y mis soldados responden a mis órdenes, su capitán. Yo respondo a las del coronel, y él a las de la comandancia, quienquiera que ésta sea. Todo lo que sabemos es que debemos seguir adelante. Ésta es la única razón de que la Guardia haya perdurado tanto tiempo, y sobrevivido más que cualquier otra organización clandestina.

Pero ningún sistema es perfecto.

—Que no haya recibido nuevas órdenes no significa que no tenga *idea* de cuáles podrían ser —le digo.

Le tiembla la mejilla. Para fruncir el ceño o para sonreír, no lo sé. Aunque dudo que sea para esto último. El coronel no sonríe, no de verdad. No lo ha hecho en muchos años.

—Tengo mis sospechas —replica después de un largo momento.

—¿Y son...?

—Mías.

Silbo entre dientes. *Clásico.* Y quizá para bien, si soy honesta conmigo. He tenido bastantes roces con los perros de caza Plateados para saber lo vital que es el sigilo de la Guardia. Mi mente sólo contiene nombres, fechas, operaciones, información suficiente para inutilizar los dos últimos años de trabajo en la comarca de los Lagos.

—Capitana Farley.

No usamos nuestros títulos o nombres en la correspondencia oficial. Yo soy Cordero, de conformidad con cualquier nota que pueda ser interceptada. Otra defensa. Si uno de nuestros mensajes cae en las manos equivocadas, si los Plateados descifran nuestro código, se las verán negras para dar con nosotros y desenredar nuestra vasta y exclusiva red.

—Coronel —respondo y él me mira por fin.

El pesar enciende su ojo sano, todavía con un conocido matiz azul. El resto ha cambiado al paso de los años. Es notoriamente más duro, una masa correosa de músculos viejos enrollada como una serpiente bajo prendas raídas. Su cabello rubio, más claro que el mío, ha comenzado a caerse. Hay blanco en sus sienes. No puedo creer que no lo haya visto antes. Ha envejecido. Aunque no se ha vuelto lento ni estúpido. Es tan astuto y peligroso como siempre.

Me quedo quieta bajo su rápida y silenciosa observación. Todo es una prueba para él. Cuando abre la boca, sé que la he superado.

—¿Qué sabe de Norta?

Esbozo una sonrisa cruel.

—Así que por fin decidieron expandirse...

—Le hice una pregunta, Corderito.

El sobrenombre es risible. Mido más de uno ochenta.

—Es otra monarquía como la de la comarca de los Lagos —suelto—. Los Rojos deben trabajar o alistarse. Se concentran en la costa, su capital es Arcón. Han estado en guerra con la comarca de los Lagos durante casi un siglo. Tienen una alianza con las Tierras Bajas. Su rey es Tiberias... Tiberias...

—Sexto —interviene. Reprende como un maestro, lo que no significa que yo haya pasado mucho tiempo en la escuela. Por su culpa—. De la Casa de Calore.

Idiotas. El cerebro ni siquiera les alcanza para ponerles nombres diferentes a sus hijos.

—Quemadores —añado—. Reivindican la así llamada Corona Ardiente. Lógicamente, se oponen a los reyes ninfos de la comarca de los Lagos.

Conozco demasiado bien esta monarquía porque he vivido siempre bajo su régimen. Es tan interminable y persistente como las aguas de su reino.

—Así es. Se oponen, pero son horriblemente semejantes a ellos.

—Infiltrarlos debe ser igual de fácil, entonces.

Alza una ceja para señalar el estrecho espacio que nos rodea. Tiene un aspecto casi divertido.

—¿Llama fácil a esto?

—No me han disparado hoy, así que yo diría que sí —contesto—. Además, Norta es ¿qué?, ¿de la mitad de tamaño que la comarca de los Lagos?

—Con una población comparable. Ciudades densas, una base de infraestructura más avanzada...

—Tanto mejor para nosotros. Es sencillo esconderse en las multitudes.

Tensa la mandíbula, molesto.

—¿Tiene una respuesta para todo?

—Soy buena en lo que hago —afuera retumba otro trueno, más cerca que antes—. Así que vamos a Norta. A hacer lo mismo que hicimos aquí —insisto.

Mi cuerpo ya vibra de expectación. He esperado esto mucho tiempo. La comarca de los Lagos es sólo una parte de la rueda, una nación en un continente de muchas otras. Una rebelión limitada a sus fronteras fracasaría en definitiva, sofocada por las demás naciones del continente. En cambio, algo más grande, una ola que abarque dos reinos, otro cimiento por hacer explotar bajo los malditos pies de los Plateados… eso sí tiene posibilidades. Y una posibilidad es todo lo que necesito para hacer lo que debo.

El arma ilegal en mi cintura no había sido nunca tan reconfortante.

—No olvide, capitana —me mira ahora, y ojalá no lo hiciera. *Es casi igual a ella*—, dónde residen en verdad nuestras habilidades. Qué iniciamos, de dónde venimos.

Sin previo aviso, golpeo con el talón las tablas bajo nosotros. Él no se inmuta. Mi enfado no es una sorpresa.

—¿Cómo podría olvidarlo? —digo con sorna. Contengo el impulso de jalar la larga trenza rubia que cae sobre mi hombro—. Mi espejo me lo recuerda cada día.

Aunque no gano nunca las discusiones con el coronel, esto se siente al menos como un empate.

Mira de nuevo la pared. El último rayo de sol entra por ahí e ilumina la sangre de su ojo herido, que despide destellos rojos bajo la luz mortecina.

La exhalación del coronel está cargada de recuerdos.

—El mío también.

EL SIGUIENTE MENSAJE HA SIDO DESCIFRADO
CONFIDENCIAL, SE REQUIERE AUTORIZACIÓN DE LA COMANDANCIA

Agente: Coronel CLASIFICADO.
Denominación: CARNERO.
Origen: Trial, CL.

Destino: COMANDANCIA en CLASIFICADO.

—De vuelta en TRIAL con CORDERO.

—Confirmados los informes de contraofensiva Plateada en ADELA, CL.

—Se solicita permiso para despachar a RECESO y su equipo a observar / responder.

—Se solicita permiso para iniciar evaluación de viabilidad de contacto en NRT.

NOS LEVANTAREMOS, ROJOS COMO EL AMANECER.

EL SIGUIENTE MENSAJE HA SIDO DESCIFRADO
CONFIDENCIAL, SE REQUIERE AUTORIZACIÓN DE UN SUPERIOR

Agente: General CLASIFICADO.
Denominación: TAMBOR.
Origen: CLASIFICADO.
Destino: CARNERO en Trial, CL.

—Se otorga permiso para despachar a RECESO. Sólo a observar, operación VIGÍA.

—Se otorga permiso para evaluar viabilidad de contacto en NRT.

—CORDERO se hará cargo de la operación TELARAÑA ROJA y se pondrá en contacto con redes de contrabando y clandestinas en NRT, énfasis en la banda de mercado negro WHISTLE. Se anexan órdenes, para su exclusivo conocimiento. Se le despachará a NRT en un plazo máximo de una semana.

—CARNERO se hará cargo de la operación BALUARTE. Se anexan órdenes, para su exclusivo conocimiento. Se le despachará a Ronto en un plazo máximo de una semana.

NOS LEVANTAREMOS, ROJOS COMO EL AMANECER.

Trial es la ciudad más grande en la frontera con los Lacustres, y sus intrincadas murallas y torres dan al lado contrario del lago de los Huesos Pardos y se adentran en el corazón de la campiña de Norta. Este lago cubre una ciudad sumergida que fue completamente saqueada por buzos ninfos. Entretanto, los esclavos de la comarca de los Lagos construyeron Trial en sus orillas, como un escarnio contra las ruinas anegadas y las inexploradas zonas de Norta.

Antes me preguntaba qué clase de idiotas son los que libran esta guerra Plateada si insisten en restringir los campos de batalla al desolado Obturador. La frontera norte es larga y sinuosa, sigue el curso del río y está casi totalmente arbolada en ambos lados, siempre protegida pero nunca atacada. Claro que el frío y la nieve son brutales en invierno, pero ¿qué hay de la primavera y el verano más recientes? *¿De esta temporada?* Si Norta y la comarca de los Lagos no hubieran peleado durante un siglo, es de suponer que esta ciudad sería asaltada en cualquier momento. Pese a todo, no hay nada de eso, y nunca lo habrá.

Porque esta guerra no lo es en absoluto.

Es un exterminio.

Los soldados Rojos se alistan, combaten y mueren por miles año tras año. Se les dice que deben luchar por sus reyes y defender a su país y a sus familias, quienes seguramente serían aplastados y derrocados si no fuera por su valentía obligatoria. Los Plateados se recuestan y mueven de un lado a otro sus legiones de juguete, para intercambiar golpes que al parecer nunca logran gran cosa. Los Rojos son demasiado ignorantes para notarlo. Es aberrante.

Sólo por una de un millar de razones yo creo en la causa y en la Guardia Escarlata. En cualquier otro caso, creer no vuelve fácil recibir una bala. Como pasó aquella vez en que regresé a Irabelle, sangrando del abdomen, cuando no podía caminar sin la maldita ayuda del coronel. En esa ocasión tuve al menos una semana para descansar y sanar. Ahora dudo que esté aquí más de unos días antes de que vuelvan a mandarnos a otra parte.

Irabelle es la única base apropiada de la Guardia en la región, por lo menos hasta donde sé. Aunque hay varias casas de seguridad dispersas junto al río y en lo profundo del bosque, Irabelle es sin duda el corazón palpitante de nuestra organización. Parcialmente subterránea y totalmente invisible, la mayoría de nosotros la llamaríamos nuestro hogar si tuviéramos que hacerlo. Pero la mayoría no tenemos otro hogar más que la Guardia y los Rojos que nos acompañan.

La estructura es mucho más grande de lo necesario, así que un desconocido —o un invasor— se perdería fácilmente en ella. Es perfecta para buscar el silencio, por no hablar de que casi todas sus entradas y pasillos están provistos de compuertas. A una orden del coronel, el lugar entero se hunde, sumergido como el viejo mundo anterior a él. Esto lo vuelve húmedo y fresco en el verano y frío en el invierno, con paredes como capas de hielo. En cualquier estación, me gusta caminar por los túneles y hacer un patrullaje solitario a lo largo de oscuros corredores de concreto que todos han olvidado menos yo. Después de haber pasado un tiempo en el tren y de haber evitado la mirada acusadora y carmesí del coronel, el aire fresco y el túnel abierto a mis pies son lo más parecido a la libertad que he conocido jamás.

El arma gira ociosamente en mi dedo con un preciso equilibrio que soy experta en mantener. No está cargada. No soy tonta. Aunque su peso letal no deja de ser agradable. *Norta*. La pistola da vueltas todavía. *Sus leyes de portación de armas son más estrictas que las de la comarca de los Lagos. Sólo se permite llevarlas a cazadores registrados. Y son pocos.* Éste es otro obstáculo que estoy ansiosa por vencer. Pese a que nunca he ido a Norta, imagino que es igual a la comarca de los Lagos: igual de Plateada, igual de peligrosa, igual de *ignorante*. Con un millar de verdugos y un millón destinado a la horca.

Hace mucho tiempo dejé de cuestionarme el motivo de que se permita que esto continúe. A mí no me enseñaron a aceptar la jaula de un amo, como lo hacen tantos. Lo que veo como una rendición exasperante es para muchos la única posibilidad de supervivencia. Supongo que tengo que agradecerle al coronel mi terca creencia en la libertad. No me dejó nunca pensar otra cosa. No me dejó nunca contentarme con mis circunstancias. Aunque no se lo diré jamás. Ha hecho demasiadas cosas como para merecer mi gratitud.

Yo he hecho lo mismo. Pienso que es justo. ¿Y acaso no creo en la justicia?

Volteo cuando escucho unos pasos y deslizo el arma a mi costado, para mantenerla oculta. A otro miembro de la Guardia le daría igual, pero no a un agente Plateado. Pese a todo, no creo que uno de ellos nos encuentre aquí. No lo harán nunca.

Indy no se molesta en saludar. Se detiene a unos metros de mí, donde sus tatuajes destacan contra su piel canela incluso bajo la escasa luz. Unas espinas suben por un lado, desde su muñeca hasta la coronilla de su cabeza a rape, y unas rosas descienden en curvas por el otro brazo. Su nombre en clave es Receso, aunque Jardín habría sido más apropiado. Es capitana como yo, una más entre los subalternos del coronel. Hay diez en total bajo su mando, cada uno con un destacamento mayor de soldados jurados que han prometido ser leales a sus capitanes.

—El coronel quiere verte en su oficina. Tiene nuevas órdenes —me dice y baja la voz, pese a que nadie puede oírnos en las profundidades de Irabelle—. No está de buenas.

Sonrío y la hago a un lado para pasar. Es más baja que yo, como casi todos, así que tiene que hacer un esfuerzo para estar a la altura.

—¿Lo está alguna vez?

—Sabes a qué me refiero. Esto es distinto.

El destello en sus ojos oscuros revela un extraño temor. Lo vi antes, en la enfermería, cuando se plantó junto al cuerpo de otra capitana, Saraline, cuyo nombre en clave es Piedad y que perdió un riñón en un decomiso de armas de rutina. Todavía está en recuperación. El cirujano temblaba, por decir lo menos. *No es tu culpa, no es tu labor*, me dije. De todos modos, hice lo que pude. No soy ajena a la sangre, y era la mejor médico disponible en ese momento, pero ésa fue la primera ocasión en que sostuve un órgano humano. *Por lo menos ella sigue viva.*

—Ya camina —me informa Indy, porque descifra la culpa en mi rostro—. Despacio, pero lo hace.

—Qué bueno —digo, aunque omito añadir que debería haber caminado desde hace varias semanas.

No es tu culpa, se repite en mi cabeza.

Cuando llegamos al eje central, ella dobla hacia la enfermería. No se ha apartado de Saraline más que para cumplir sus tareas y, aparentemente, las diligencias del coronel. Llegaron juntas a la Guardia y parecían hermanas de tan íntimas que eran. Luego fue obvio que *dejaron* de ser hermanas. A nadie le importa. No hay reglas que prohíban fraternizar en la organización, siempre y cuando el trabajo se haga y todos regresen vivos. Hasta ahora nadie en Irabelle ha sido tan necio o sensiblero para permitir que algo tan nimio como un sentimiento ponga en peligro nuestra causa.

Dejo a Indy con sus preocupaciones y enfilo en la dirección contraria, adonde sé que el coronel espera.

Su oficina sería una tumba maravillosa. No tiene ventanas, sus muros son de concreto y su lámpara siempre se apaga en el momento menos indicado. Hay lugares mucho mejores en Irabelle para que él se ocupe de sus asuntos, pero le agradan el silencio y los espacios cerrados. Es tan espigado que el techo a baja altura lo hace parecer un gigante. Quizá por eso le gusta tanto este lugar.

Su cabeza roza el cielo raso cuando se levanta para recibirme.

—¿Tiene nuevas órdenes? —pregunto, aunque ya sé la respuesta.

Llevamos dos días aquí. Sé que no hay que esperar vacaciones de ningún tipo, incluso después del gran éxito de la operación Lacustre. Las vías centrales de tres lagos, clave cada uno de ellos para acceder a la comarca de los Lagos, nos pertenecen ya, y nadie se ha enterado. Para cuál alto propósito, no sé. Esto le incumbe a la comandancia, no a mí.

El coronel desliza sobre la mesa una hoja doblada y con el borde sellado. Tengo que abrirla con un dedo. ¡Qué raro! No había recibido nunca órdenes selladas.

Mis ojos vuelan por la página y se ensanchan con cada palabra. Son órdenes de la comandancia, de lo más alto, por encima del coronel, directamente para mí.

—Éstas son...

Levanta una mano y me detiene en seco.

—La comandancia dice que son para su exclusivo conocimiento —asevera con una voz contenida, en la que de cualquier forma percibo molestia—. Es su operación.

Cierro un puño para mantener la calma. *Mi operación.* La sangre martillea en mis oídos, empujada por un pulso ascendente. Aprieto la quijada y hago rechinar los dientes para no sonreír. Veo las órdenes de nuevo para estar segura de que son reales. *Operación Telaraña Roja.*

Un momento después, me doy cuenta de que falta algo.

—No se le menciona a usted, señor.

Levanta la ceja del ojo enfermo.

—¿Esperaba otra cosa? No soy su *niñera*, capitana.

Se irrita. Su máscara de control amenaza con venirse abajo y él se entretiene con un escritorio ya prístino, del que sacude una mota de polvo inexistente.

Hago caso omiso del insulto.

—Muy bien. Supongo que tiene sus propias órdenes.

—Así es —dice al instante.

—Esto hay que celebrarlo, aunque sea modestamente.

Casi ríe.

—¿Qué quiere celebrar? ¿Ser un emblema? ¿O que aceptará una misión suicida?

Ahora sonrío de veras.

—Yo no lo veo así —doblo lentamente las órdenes y las meto en la bolsa de mi chamarra—. Esta noche brindaré por mi primera misión independiente y mañana partiré a Norta.

—*Para su exclusivo conocimiento*, capitana.

Cuando llego a la puerta, lo miro por encima del hombro.

—Como si usted no lo supiera ya —su silencio es admisión suficiente—. Además, voy a seguir bajo sus órdenes, así que podrá transmitir mis mensajes a la comandancia —agrego. No resisto la tentación de espolearlo un poco. Se lo merece por su idea de la niñera—. ¿Cómo le llaman a eso? ¡Ah, sí! El intermediario.

—Tenga cuidado, capitana.

Inclino la cabeza y sonrío mientras abro de un tirón la puerta de su oficina.

—Como siempre, coronel.

Por fortuna, no permite que se imponga otro incómodo silencio.

—Sus técnicos de televisión la aguardan en su cuartel. Será mejor que se apresure.

—Espero estar lista para la cámara.

Dejo escapar una risa falsa y finjo acicalarme.

Con una sacudida de su mano, él me aparta oficialmente de su vista. Me marcho con gusto y recorro los pasillos de Irabelle llena de entusiasmo.

Para mi sorpresa, la emoción que me hace palpitar no dura mucho. Pese a que salí a toda velocidad hacia el cuartel para darle la buena noticia a mi equipo de soldados, mi paso disminuye pronto y mi deleite cede a la renuencia. Y al miedo.

Hay una razón de que nos llamen Carnero y Cordero, más allá de la obvia. Nunca me han despachado sin la guía del coronel. Él ha estado siempre ahí, como una red de protección que yo no he pedido jamás, pero con la que me he familiarizado. Él ha salvado mi vida tantas veces que ya perdí la cuenta. Y es, en efecto, el motivo de que yo esté aquí y no en una aldea helada en la que perdería dedos cada invierno y amigos en cada ronda de conscripción. A pesar de que no siempre estamos de acuerdo, cumplimos invariablemente con nuestro trabajo y salimos vivos. Triunfamos donde otros no pueden. Sobrevivimos. Ahora debo hacer lo mismo sola. Ahora tengo que proteger a otros y ser responsable de sus vidas... y su muerte.

Me detengo y me doy unos momentos más para reponerme. La frescura de la sombra me tienta y apacigua. Me recargo en la resbalosa pared de concreto y permito que el frío se filtre en mí. *Debo ser como el coronel cuando forme mi equipo. Yo soy su capitana, su comandante, y tengo que ser perfecta. No hay lugar para errores y vacilaciones. Debemos avanzar a toda costa. Nos levantaremos, Rojos como el amanecer.*

Puede que el coronel no sea una buena persona, pero es un líder brillante. Eso ha bastado siempre. Y yo haré ahora todo lo posible para ser como él.

Pienso mejor mi plan. Que el resto haraganee otro poco.

Entro sola a mi cuartel, con la frente en alto. Ignoro por qué me eligieron, por qué la comandancia quiere que sea yo quien proclame nuestro mensaje. Sin embargo, estoy segura de que es una buena razón. Una joven que sostiene una bandera es una figura imponente... y desconcertante. Los Plateados podrán enviar hombres y mujeres a morir en el frente en igual medida, pero un grupo rebelde encabezado por una mujer es más fácil de subestimar. Y esto es justo lo que la comandancia desea. O simplemente prefiere que sea yo, y no uno de los suyos, la persona a la que al final se identifique y ejecute.

El primer técnico, prófugo de un arrabal a juzgar por su cuello tatuado, me hace señas para que me acerque a la cámara, ya en espera. Otro me tiende una pañoleta roja y un mensaje escrito a máquina, que sólo será escuchado dentro de muchos meses.

Y cuando lo sea, cuando se deje oír de un extremo a otro de Norta y la comarca de los Lagos, caerá con la fuerza de un mazo.

Enfrento las cámaras sola, con el rostro oculto y unas palabras de acero.

Nos levantaremos, Rojos como el amanecer.

EL SIGUIENTE MENSAJE HA SIDO DESCIFRADO
CONFIDENCIAL, SE REQUIERE AUTORIZACIÓN DE LA COMANDANCIA

Agente: Coronel CLASIFICADO.

Denominación: CARNERO.

Origen: Trial, CL.

Destino: COMANDANCIA en CLASIFICADO.

—Equipo VIGÍA encabezado por RECESO enfrentó oposición en ADELA.

—Casa de seguridad en ADELA destruida.

—Resumen de VIGÍA: muertos en acción: R. INDY, N. CAWRALL, T. TREALLER, E. KEYNE (4).

—Conteo de bajas Plateadas: cero (0).

—Conteo de bajas civiles: desconocido.

NOS LEVANTAREMOS, ROJOS COMO EL AMANECER.

EL SIGUIENTE MENSAJE HA SIDO DESCIFRADO
CONFIDENCIAL, SE REQUIERE AUTORIZACIÓN DE UN SUPERIOR

Día 4 de la operación TELARAÑA ROJA, etapa 1.

Agente: Capitán CLASIFICADO.

Denominación: CORDERO.

Origen: Harbor Bay, NRT.

Destino: CARNERO en CLASIFICADO.

—Tránsito fluido por regiones ADERONACK, GRANDES BOSQUES, COSTA DE LAS MARISMAS.

—Tránsito difícil por región del FARO, fuerte presencia militar en NRT.

—Se estableció contacto con NAVEGANTES. Se entró a HARBOR BAY con su ayuda.

—Entrevista con EGAN, jefe de los NAVEGANTES. Se evaluará.

NOS LEVANTAREMOS, ROJOS COMO EL AMANECER.

Como cualquier buen cocinero podría decirlo, siempre hay ratas en la cocina.

El reino de Norta no es la excepción. Por sus grietas y fisuras se arrastra lo que la elite Plateada llamaría *alimañas*: ladrones, contrabandistas, desertores del ejército, adolescentes Rojos que huyen del alistamiento o débiles ancianos que intentan escapar al castigo del ocioso *crimen de envejecer.* En el campo, hacia la frontera Lacustre en el norte, esas personas se concentran en los bosques y las pequeñas aldeas, y buscan su seguridad en lugares donde los Plateados que se precian de serlo no se rebajarían a vivir. En cambio, en ciudades como Harbor Bay, donde los Plateados mantienen casas elegantes y legislación favorecedora, los Rojos recurren a medidas más desesperadas. Yo debo hacerlo así.

No es fácil llegar hasta el jefe Egan. Sus pretendidos colegas nos conducen a mí y a mi lugarteniente, Tristan, por un laberinto de túneles bajo las murallas de la ciudad costera. Volvemos sobre nuestros pasos más de una vez, con objeto de confundirme y de despistar a quien pretenda seguirnos. Casi doy por hecho que Melody, la ladrona de dulce voz y ojos de lince que nos guía, nos vendará los ojos. Por el contrario, permite que la oscuridad haga su labor, y cuando emergemos apenas puedo orientarme y rondar por la ciudad.

Tristan no es un hombre confiado, como buen soldado de la Guardia Escarlata. No se separa ni un instante de mí y mantiene una mano en su chamarra, donde porta un largo cuchillo. Melody y sus hombres se toman a broma la obvia amenaza, y abren sus abrigos y mantones para exhibir sus propias armas punzocortantes.

—No te preocupes, *Pequeño* —le dice ella mientras alza una ceja en su dirección y a su altura descomunal—. Están bien protegidos.

Él enrojece de furia pero no suelta el arma. Y yo no olvido un segundo el puñal que traigo metido en la bota ni la pistola que guardo en la pretina trasera de mi pantalón.

Melody nos lleva por un mercado que vibra con los sonidos de rigor y el punzante aroma del pescado. Su robusto cuerpo se abre camino entre la muchedumbre, que se hace a un lado para dejarla pasar. El tatuaje en su brazo, un ancla azul rodeada por una soga ondulada de color rojo, es advertencia suficiente. Es una Navegante, miembro de la organización de contrabando que la comandancia me encomendó sondear. Y a juzgar por la forma en que manda a su destacamento, tres de cuyos integrantes la siguen, es muy respetada y de alto rango.

Siento que me mide, a pesar de que dirige los ojos al frente. Por esto fue que decidí no traer a la ciudad al resto de mi equipo para nuestro encuentro con su jefe. Tristan y yo somos más que suficientes para evaluar esta organización, juzgar sus motivos y presentar un informe.

Todo indica que Egan ha adoptado el método opuesto. Aunque espero hallar una fortaleza subterránea muy parecida a la nuestra en Irabelle, Melody nos encamina hacia la vieja torre de un faro cuyas paredes han sido desgastadas por el aire salado y la antigüedad. En otro tiempo un fanal que ponía los barcos a buen recaudo, ahora está demasiado lejos del océano, pues la ciudad se ha adentrado en el puerto. Desde fuera, da la impresión de estar en el abandono, ya que sus ventanas están cerradas con postigos y las puertas atrancadas. Esto no significa nada para los Navegantes. Ni siquiera se molestan en ocultar su acercamiento, pese a que todos mis instintos claman discreción. En cambio, Melody nos lleva por el mercado al aire libre, con la cabeza en alto.

La multitud se mueve con nosotros como un banco de peces. Para servirnos de camuflaje. Para escoltarnos hasta el faro y una maltrecha puerta cerrada con llave. Esta acción me sorprende, y descubro que, en apariencia, los Navegantes están muy bien organizados. Es obvio que imponen respeto, por no decir que también lealtad. Ambos son premios muy valiosos para la Guardia Escarlata, algo que no puede comprarse con el dinero ni la intimidación.

El corazón me salta en el pecho. Al parecer, los Navegantes son en efecto unos aliados viables.

Una vez a salvo en el faro, al pie de una interminable escalera de caracol, siento que una tensa cuerda se libera en mi pecho. Aunque poseo experiencia en infiltrar ciudades Plateadas y merodear por las calles con relativa concentración, no me gusta hacerlo. Sobre todo si no tengo al coronel a mi lado, quien es un escudo tosco pero eficaz contra cualquier cosa que pueda sucedernos.

—¿No temen a los agentes de seguridad? —pregunto mientras uno de los Navegantes cierra la puerta a nuestras espaldas—. ¿Ellos no saben que están aquí?

Melody ríe de nuevo. Ya ha subido una docena de peldaños y continúa su ascenso.

—Claro que lo saben.

Los ojos de Tristan casi salen de sus órbitas.

—¿Qué? —palidece, porque piensa lo mismo que yo.

—Que seguridad sabe que estamos aquí —repite ella y su voz produce eco en la torre.

Cuando pongo un pie en el primer peldaño, Tristan me toma de la muñeca.

—No deberíamos estar aquí, capi... —murmura, como si hubiera perdido el control.

No le doy la oportunidad de decir mi nombre, de ir contra las reglas y protocolos que nos han protegido durante tanto tiempo. En cambio, le encajo el antebrazo en la tráquea y lo empujo con toda mi fuerza por las escaleras. Cae cuan largo es sobre varios peldaños.

El color me cambia de la vergüenza. Esto no es algo que me guste hacer, sea frente a propios o extraños. Tristan es un buen lugarteniente, aunque un tanto sobreprotector. No sé qué es más perjudicial: dejarles ver a los Navegantes que hay desacuerdo en nuestras filas o mostrarles temor. Espero que sea esto último. Después de alzar los hombros en forma calculada, doy un paso atrás y le ofrezco una mano a Tristan, pero no me disculpo. Él sabe por qué.

Y sin decir palabra, me sigue escaleras arriba.

Melody nos cede su lugar y siento sus ojos en cada pisada. Ciertamente me observa ahora. Y se lo permito, con un rostro y una actitud indiferentes. Hago cuanto puedo por ser como el coronel, impredecible e inquebrantable.

En la cresta del faro las ventanas tapiadas dan paso a una amplia vista de Harbor Bay. Construida literalmente sobre otra ciudad antigua, Bay es un nudo terrible. Sus estrechos recodos y callejones son más propios para caballos que para transportes, y nosotros tuvimos que escurrirnos por pasadizos para no ser atropellados. Desde este mirador, puedo ver que todo gira en torno al famoso puerto, con demasiadas callejuelas, túneles y esquinas olvidados como para ser patrullados. Si se añade a todo esto una alta concentración de Rojos, se comprenderá que es un sitio ideal para el alzamiento de la Guardia Escarlata en la zona. Nuestra inteligencia identificó esta urbe como la raíz más viable de la rebelión Roja en Norta. A diferencia de la capital, Arcón, donde la sede del gobierno demanda un orden absoluto, Harbor Bay no está sometida a un control tan estricto.

Pero no está desamparada. La base militar que se yergue sobre las aguas, Fort Patriot, divide en dos el perfecto semicírculo de la tierra y las olas. Éste es un eje para el ejército, la marina y la aviación de Norta, el único en su tipo que sirve a los tres cuerpos de las fuerzas armadas Plateadas. Como el resto de la ciudad, sus muros y edificios están pintados de blanco y guarnecidos de tejados azules y altas torrecillas de plata. Intento memorizar todo esto desde mi atalaya. Quién sabe cuándo podrían ser de utilidad estos conocimientos. Y gracias a la absurda guerra que hoy se libra en el norte, Fort Patriot es enteramente ajeno a la ciudad que lo circunda. Los soldados no traspasan sus muros, en tanto que la seguridad mantiene a raya la urbe. Según ciertos informes, resguarda a los suyos, los ciudadanos Plateados, pues los Rojos de Harbor Bay se gobiernan en gran medida solos, con grupos y pandillas que preservan su propia versión del orden. Hay tres de ellos en particular.

La Patrulla Roja es una especie de fuerza policiaca que mantiene la justicia Roja que le es posible y protege y hace cumplir leyes que la seguridad Plateada no se molestará en vigilar. Resuelve controversias Rojas y crímenes cometidos contra los nuestros, para impedir más abusos a manos de la inclemente sangre Plateada. Su trabajo es reconocido, tolerado incluso, por los funcionarios de la ciudad, lo cual explica que yo no haya acudido a ella. Aunque puede ser que su causa sea noble, para mi gusto desfila demasiado cerca de los Plateados.

Los Piratas, una gavilla con pretensiones, me despiertan una desconfianza igual. Son violentos a decir de todos, un rasgo que yo admiraría normalmente. Su ocupación es la sangre, y causan la sensación de un perro rabioso. Salvajes, brutos y despiadados, sus miembros suelen ser ejecutados y rápidamente sustituidos. Mantienen el control de su sector en la ciudad mediante la opresión y el asesinato, y suelen estar en desacuerdo con su grupo rival, Los Navegantes.

A quienes debo evaluar.

—Supongo que tú eres Cordero.

Me vuelvo sobre mis talones, desde el horizonte que se extiende hacia todas las latitudes.

El hombre, que imagino es Egan, está recargado en las ventanas opuestas, sin saber o sin temer que nada más que vidrio antiguo se ubica entre él y una larga caída. Al igual que yo, monta una farsa, y muestra las cartas que quiere al tiempo que oculta el resto.

Vine aquí únicamente con Tristan para producir cierta impresión. Flanqueado por Melody y una caterva de Navegantes, Egan ha optado por demostrar su fuerza. Para causar un impacto en mí. *Muy bien.*

Expone dos brazos musculosos y cubiertos de cicatrices a los que distinguen dos tatuajes de anclas. Me recuerda al coronel, pese a que no se parecen en absoluto. Egan es de baja estatura, rechoncho, fornido, con una piel lastimada por el sol y una larga cabellera consumida por la sal y recogida en una trenza enredada. No me cabe la menor duda de que ha pasado la mitad de su vida en una barca.

—O al menos ése es el nombre en clave que te endilgaron —continúa, en medio de una sonrisa. Le falta un buen número de dientes—. ¿Estoy en lo cierto?

Me encojo de hombros, evasiva.

—¿Mi nombre importa?

—En absoluto. Sólo tus intenciones. ¿Las cuales son...?

Tan sonriente como él, avanzo hasta el centro de la sala, no sin eludir la depresión circular que antes ocupaba la lámpara.

—Creo que usted ya las conoce.

Mis órdenes indicaban que debía ponerme en contacto con esta pandilla, pero no hasta qué punto. Fue una omisión necesaria, ya que de lo contrario personas desconocidas podrían usar nuestra correspondencia contra nosotros.

—Bueno, conozco bastante bien las metas y tácticas de tu gente, pero me refiero a ti. ¿A qué has venido?

Tu gente. Estas palabras punzan y tironean a mi cerebro. Las interpretaré después. Me gustaría más una pelea a golpes que este juego nauseabundo de toma y daca. Preferiría un ojo morado a un acertijo.

—Mi meta es establecer líneas abiertas de comunicación. Ustedes son una organización de contrabando, y tener amigos al otro lado de la frontera nos beneficiaría a ambas partes —con otra sonrisa cautivadora, paso los dedos por mi cabello trenzado—. Sólo soy un mensajero, señor.

—Yo no llamaría mensajero a una capitana de la Guardia Escarlata.

Tristan no se mueve esta vez. Es mi turno de reaccionar, a pesar de mi instrucción. Egan no pasa por alto mis ojos bien abiertos ni el color de mis mejillas. Sus asistentes, Melody en particular, tienen la audacia de sonreír entre ellos.

Tu gente. La Guardia Escarlata. Nos conoce.

—Entonces no soy la primera.

Presenta otra sonrisa maniática.

—Ni con mucho. Hemos transportado mercancías de los tuyos desde... —mira a Melody mientras hace una pausa para llamar la atención— hace dos años, ¿no?

—Septiembre de trescientos, jefe —responde ella.

—Ah, sí. Por lo que veo, tú no sabes nada de eso, Oveja.

Reprimo el impulso de abrir la boca y protestar. *Discreción*, decían las órdenes. Dudo que se considere discreto lanzar a un criminal engreído desde su torre en decadencia.

—No es nuestra costumbre.

Y ésta es la única explicación que ofrezco. Porque aunque Egan se crea superior a mí, mucho más informado que yo, se equivoca. No tiene idea de lo que somos, de lo que hemos hecho y de cuánto más planeamos hacer. Ni siquiera puede imaginarlo.

—Bueno, tus camaradas pagan bien, eso es seguro —hace tintinear una pulsera de plata finamente trabajada, trenzada como una soga—. Espero que tú seas igual.

—Si hace lo que se le pide, así será.

—Entonces haré lo que se me pida.

Me basta con inclinarme hacia Tristan para que él se ponga en marcha. Llega junto a mí en dos pasos largos, de modo tan rápido y desgarbado que Egan echa a reír.

—¡Vaya que eres escuálido, campeón! —exclama—. ¿Cómo te dicen? ¿Espárrago?

Una comisura de mi boca se mueve, pero no sonrío. Por Tristan. Por más que coma o entrene, sus músculos no se fortifican. A él le da lo mismo. Es un pistolero, un francotirador, no un bravucón. Es más valioso a cien metros de distancia, con un buen rifle. No le haré saber a Egan que su nombre en clave es Huesos.

—Necesitamos información general sobre la llamada red Whistle, y ser presentados con ella —dice Tristan para formular mis peticiones en lugar mío. Otra táctica del coronel que he adoptado—. Buscamos contactos viables en estas áreas clave.

Muestra un mapa en el que las ciudades e intersecciones importantes de todo el país aparecen marcadas con puntos rojos. Las conozco sin que sea necesario que las vea: las barriadas industriales de Gray Town y Ciudad Nueva; la capital, Arcón; Delphie; la ciudad militar de Corvium, y muchas otras pequeñas poblaciones y aldeas. Aunque

Egan no mira el documento, asiente; es la imagen misma de la confianza.

—¿Algo más? —pregunta fastidiado.

Tristan voltea hacia mí, como si me diera la última oportunidad de rehusarme a la orden final de la comandancia. Pero no lo haré.

—Tendremos que emplear pronto su red de contrabando.

—No hay ningún problema. Con los Whistle a su disposición, el país entero está a su alcance. Pueden traer y llevar cualquier cosa de aquí a Corvium si así lo quieren.

No me queda otro remedio que sonreír, con lo que muestro mis dientes.

Pero la sonrisa de Egan se atenúa un poco. Sabe que hay algo más.

—¿Cuál será el cargamento?

Con manos rápidas, arrojo a sus pies una pequeña bolsa de tetrarcas. Todos ellos de plata. Suficientes para convencerlo.

—Las personas debidas.

EL SIGUIENTE MENSAJE HA SIDO DESCIFRADO
CONFIDENCIAL, SE REQUIERE AUTORIZACIÓN DE UN SUPERIOR

Día 6 de la operación TELARAÑA ROJA, etapa 1.
Agente: Capitán CLASIFICADO.
Denominación: CORDERO.
Origen: Harbor Bay, NRT.

Destino: CARNERO en CLASIFICADO.

—NAVEGANTES dirigidos por EGAN aceptan condiciones. Se encargarán de transporte en región FARO una vez iniciada etapa 2 de TELARAÑA ROJA.

—Se informa que NAVEGANTES conocen organización GE. Otras células activas en NRT. ¿Buscar aclaraciones?

NOS LEVANTAREMOS, ROJOS COMO EL AMANECER.

EL SIGUIENTE MENSAJE HA SIDO DESCIFRADO
CONFIDENCIAL, SE REQUIERE AUTORIZACIÓN DE UN SUPERIOR

Agente: Coronel CLASIFICADO.
Denominación: CARNERO.
Origen: CLASIFICADO.
Destino: CORDERO en Harbor Bay, NRT.

—Ignore. Concéntrese en TELARAÑA ROJA.

NOS LEVANTAREMOS, ROJOS COMO EL AMANECER.

EL SIGUIENTE MENSAJE HA SIDO DESCIFRADO
CONFIDENCIAL, SE REQUIERE AUTORIZACIÓN DE UN SUPERIOR

Día 10 de la operación TELARAÑA ROJA, etapa 1.

Agente: Capitán CLASIFICADO.

Denominación: CORDERO.

Origen: Albanus, NRT.

Destino: CARNERO en CLASIFICADO.

—Se hizo contacto con red WHISTLE en región FARO y VALLE PRI-
MORDIAL, todo listo para etapa 2.

—Se busca acceso RÍO CAPITAL arriba.

—Ciudad ALBANUS, centro rojo más próximo a SUMMERTON (residencia temporal del rey Tiberias y su gob.).

—¿Valiosa? Se evaluará.

NOS LEVANTAREMOS, ROJOS COMO EL AMANECER.

Los lugareños la llaman Los Pilotes. Ahora sé por qué. El
río está muy crecido todavía, abastecido por los derreti-
mientos de primavera, y gran parte del poblado estaría
bajo el agua si no fuera por los altos soportes sobre los que
sus estructuras se levantan. Un redondel remata ominosa-
samente la cumbre de una colina, como un firme recordatorio de quiénes son los dueños de este lugar y quiénes
gobiernan este reino.

A diferencia de las grandes ciudades de Harbor Bay y
Haven, aquí no hay murallas, puertas ni controles de sangre. Mis soldados y yo entramos en la mañana junto con
el resto de los comerciantes que recorren el Camino Real.

Un agente Plateado revisa nuestras tarjetas de identidad falsas con una mirada indolente antes de hacernos señas para que pasemos, con lo que deja entrar una manada de lobos a su aldea de ovejas. Si no fuera por la ubicación de Albanus y su cercanía con el palacio de verano del rey, yo no le dedicaría otra mirada a este sitio. No hay nada de utilidad aquí, sólo leñadores explotados y sus familias apenas lo bastante vivos para comer, y menos todavía para rebelarse contra un régimen Plateado. Pero Summerton está unos kilómetros río arriba, lo que vuelve a Albanus digna de mi atención.

Tristan memorizó la ciudad antes de que llegáramos, o al menos intentó hacerlo. No nos serviría de nada consultar explícitamente nuestros mapas y hacer saber a todos que no somos de aquí. Él da vuelta a la izquierda rápidamente. Los demás lo seguimos fuera del pavimentado Camino Real hasta la enlodada y transitada calzada que corre a lo largo de la ribera. Nuestras botas se hunden, pero nadie resbala.

Las casas de pilotes se alzan a la izquierda, donde salpican la que creo que es la vereda del Caminante. Unos niños sucios nos ven pasar en lo que lanzan ociosamente al río piedras que besan la superficie. Más allá, pescadores en sus balsas tiran de redes refulgentes y llenan sus pequeñas embarcaciones con el botín del día. Ríen entre ellos, felices de trabajar. Felices de tener un empleo que los libra del alistamiento y una guerra sin sentido.

La Whistle que localizamos en Orienpratis, una ciudad de canteros a las afueras del Faro, es la razón de que estemos aquí. Nos aseguró que uno más de su calaña opera en Albanus, donde sirve de valla a los ladrones y los negocios no muy legales del poblado. Pero sólo nos dijo que había un Whistle, no el lugar donde lo encontraríamos. Y no porque no confiara en mí, sino porque no sabía quién opera en Albanus. De igual forma que la Guardia Escarlata, los Whistle guardan sus secretos aun entre ellos. Así que mantengo los ojos bien atentos.

El mercado de Los Pilotes bulle de actividad. Lloverá pronto, y todos quieren concluir sus diligencias antes de que inicie el aguacero. Me coloco la trenza sobre el hombro izquierdo. Es una señal. Sin mirar, sé que mis guardias se dispersan y forman las parejas de costumbre. Sus órdenes son claras: hacer un reconocimiento del mercado, sondear posibles pistas, buscar a Whistle en la medida de lo posible. Con sus paquetes de inofensivo contrabando —cuentas de vidrio, baterías, rancio café molido— intentarán abrirse paso hasta la valla. *Y yo haré lo mismo.* Un saquillo cuelga de mi cintura, pesado aunque pequeño, cubierto por el borde suelto de una tosca camisa de algodón. Contiene balas. Son desiguales, de diferentes calibres, aparentemente robadas. De hecho, salieron de las provisiones secretas en nuestra nueva casa de seguridad en Norta, una cueva bien provista enclavada en la región de los Grandes Bosques. Pero nadie en la ciudad puede saberlo.

Como siempre, Tristan permanece a mi lado, y ya está más sereno. Las pequeñas ciudades y aldeas no son peligrosas para nuestros estándares. A pesar de que agentes de seguridad Plateados patrullan el mercado, hay pocos o se muestran indiferentes. No les importa si los Rojos se roban unos a otros. Reservan sus castigos para los valientes, para quienes se atreven a mirar a un Plateado a los ojos o a causar suficiente alboroto que los obligue a actuar e involucrarse.

—Tengo hambre —digo y me vuelvo hacia un puesto en el que se vende pan común y corriente.

Los precios son astronómicos en comparación con los que acostumbramos en la comarca de los Lagos, pero Norta no es apta para el cultivo de cereales. Su suelo es demasiado rocoso para tener éxito en la agricultura. Es un misterio cómo se mantiene este hombre de la venta de unos panes que nadie puede comprar. O lo sería para alguien más.

El panadero, un hombre demasiado fino para su ocupación, nos mira apenas. No tenemos aspecto de clientes promisorios. Llamo su atención cuando hago sonar las monedas que cargo en mi bolsillo.

Voltea al fin, con los ojos llorosos y muy abiertos. Le sorprende el ruido de las monedas en un lugar tan alejado de las ciudades.

—Lo que ve es lo que tengo.

No se anda por las ramas. Ya me simpatiza.

—Estas dos —respondo y señalo las mejores hogazas que tiene. No son gran cosa.

El hombre alza las cejas, toma el pan y lo envuelve en un papel viejo con ensayada eficiencia. Cuando saco las monedas de cobre y no regateo para conseguir un precio más bajo, su sorpresa aumenta. Como lo hace igualmente su desconfianza.

—No la recuerdo —mascula.

Desvía la mirada a la derecha, donde un agente se ocupa en amonestar a unos niños desnutridos.

—Somos comerciantes —explica Tristan.

Se apoya en el desvencijado bastidor del puesto para inclinarse. Levanta una manga y deja ver algo en su muñeca. Una cinta roja que la rodea, y que ahora sabemos que es la señal que distingue a los Whistle. Es un tatuaje, y es falso. *Pero el panadero no lo sabe.*

Los ojos del hombre se detienen en Tristan apenas un momento antes de regresar a mí. No es tan bobo como parece.

—¿Y qué quieren vender? —pregunta mientras pone en mis manos una de las hogazas. Conserva la otra. Espera.

—De todo un poco —contesto.

Silbo entonces una melodía suave e inconfundible. Es la tonada de dos notas que la Whistle anterior me enseñó. Inocente para los que ignoran.

El panadero no sonríe ni asiente. Su rostro no lo delata.

—Hay más oportunidades al anochecer.

—Como siempre.

—Por la vereda del Molino, a la vuelta. Un carromato —añade—. Después de que el sol se mete y antes de la medianoche.

Tristan asiente. Conoce el lugar.

Yo bajo la cabeza también; es un modesto gesto de gratitud. El panadero no hace lo propio. En cambio, enrosca los dedos en mi otra hogaza, que pone de nuevo en el mostrador. De un tirón rompe la envoltura y da una mordida provocadora. Algunas migas caen en su barba escasa, cada cual un mensaje. Mi moneda fue canjeada por algo más valioso que un pan.

Por la vereda del Molino, a la vuelta.

Contengo una sonrisa y me coloco la trenza al hombro derecho.

Mis soldados abandonan sus pesquisas en todo el mercado. Se mueven como un solo hombre, un banco de peces que sigue a su líder. Cuando nos abrimos camino hacia la salida, intento ignorar las protestas de dos miembros de la Guardia. Al parecer, alguien robó algo de sus bolsas.

—¡Tantas baterías y desaparecen en un segundo! Ni siquiera me di cuenta —rezonga Cara al tiempo que registra su mochila.

La miro.

—¿Fue tu comunicador?

Si perdió su transmisor, un radio minúsculo que pasa nuestros mensajes en medio de chasquidos y pitidos, estamos en un grave problema.

Por fortuna, sacude la cabeza cuando siente un bulto en su blusa.

—¡Aquí está! —dice.

Hago una forzada señal con la cabeza y me trago mi suspiro de alivio.

—¡Hey, me faltan unas monedas! —murmura otra de las nuestras, la musculosa Tye.

Se mete en los bolsillos unas manos cubiertas de cicatrices.

Esta vez estoy a punto de echar a reír. Llegamos al mercado en busca de un as del atraco y mis soldados han caído víctimas de un carterista. En otras circunstancias me enfadaría, pero este contratiempo es tan ínfimo que se me resbala con facilidad. Unas monedas perdidas no importan ahora. Después de todo, hace unas cuantas semanas el coronel llamó a nuestra tarea una misión suicida.

Pero vamos de un éxito a otro. Y seguimos enteramente vivos.

EL SIGUIENTE MENSAJE HA SIDO DESCIFRADO
CONFIDENCIAL, SE REQUIERE AUTORIZACIÓN DE UN SUPERIOR

Día 11 de la operación TELARAÑA ROJA, etapa 1.
Agente: Capitán CLASIFICADO.
Denominación: CORDERO.
Origen: Albanus, NRT.
Destino: CARNERO en CLASIFICADO.

—WHISTLE de ALBANUS/PILOTES dispuesto a colaborar en etapa 2.

—Tiene espías en SUMMERTON/residencia temporal rey.

—Mencionó también contactos en ejército Rojo en CORVIUM. Se buscarán.

NOS LEVANTAREMOS, ROJOS COMO EL AMANECER.

EL SIGUIENTE MENSAJE HA SIDO DESCIFRADO
CONFIDENCIAL, SE REQUIERE AUTORIZACIÓN DE UN SUPERIOR

Agente: Coronel CLASIFICADO.

Denominación: CARNERO.

Origen: CLASIFICADO.

Destino: CORDERO en Albanus.

—Fuera de mandato, demasiado peligroso. Continúe con TELARAÑA ROJA.

NOS LEVANTAREMOS, ROJOS COMO EL AMANECER.

EL SIGUIENTE MENSAJE HA SIDO DESCIFRADO
CONFIDENCIAL, SE REQUIERE AUTORIZACIÓN DE UN SUPERIOR

Día 12 de la operación TELARAÑA ROJA, etapa 1.

Agente: Capitán CLASIFICADO.

Denominación: CORDERO.

Origen: Siracas, NRT.

Destino: CARNERO en CLASIFICADO.

—Propósito de etapa 1 TELARAÑA ROJA, introducir GE en NRT vía redes existentes. Ejército dentro de esas órdenes.

—Contactos de ejército Rojo invaluables. Se buscarán. Transmita mensaje a COMANDANCIA.

—En camino a CORVIUM.

NOS LEVANTAREMOS, ROJOS COMO EL AMANECER.

EL SIGUIENTE MENSAJE HA SIDO DESCIFRADO
CONFIDENCIAL, SE REQUIERE AUTORIZACIÓN DE UN SUPERIOR

Agente: Coronel CLASIFICADO.

Denominación: CARNERO.

Origen: CLASIFICADO.

Destino: CORDERO en Siracas.

—Desista. No avance a CORVIUM.

NOS LEVANTAREMOS, ROJOS COMO EL AMANECER.

EL SIGUIENTE MENSAJE HA SIDO DESCIFRADO
CONFIDENCIAL, SE REQUIERE AUTORIZACIÓN DE UN SUPERIOR

Agente: General CLASIFICADO.

Denominación: TAMBOR.

Origen: CLASIFICADO.

Destino: CORDERO en Siracas, CARNERO en OMITIDO.

—Avance a CORVIUM. Evalúe contactos ejército Rojo para información y etapa 2/traslado de bienes.

NOS LEVANTAREMOS, ROJOS COMO EL AMANECER.

EL SIGUIENTE MENSAJE HA SIDO DESCIFRADO
CONFIDENCIAL, SE REQUIERE AUTORIZACIÓN DE LA COMANDANCIA

Día 12 de la operación TELARAÑA ROJA.

Agente: Capitán CLASIFICADO.

Denominación: CORDERO.

Origen: Corvium, NRT.

Destino: COMANDANCIA en CLASIFICADO, CARNERO en CLASIFICADO.

—Entendido.

—Evidentemente no demasiado peligroso.

NOS LEVANTAREMOS, ROJOS COMO EL AMANECER.

EL SIGUIENTE MENSAJE HA SIDO DESCIFRADO
CONFIDENCIAL, SE REQUIERE AUTORIZACIÓN DE LA COMANDANCIA
Agente: Coronel CLASIFICADO.
Denominación: CARNERO.
Origen: CLASIFICADO.
Destino: COMANDANCIA en CLASIFICADO.

—Sírvase tomar nota de mi firme oposición a los nuevos sucesos en TELARAÑA ROJA. CORDERO debe ser mantenido a raya.

NOS LEVANTAREMOS, ROJOS COMO EL AMANECER.

EL SIGUIENTE MENSAJE HA SIDO DESCIFRADO
CONFIDENCIAL, SE REQUIERE AUTORIZACIÓN DE UN SUPERIOR

Agente: General CLASIFICADO.
Denominación: TAMBOR.
Origen: CLASIFICADO.
Destino: CARNERO en CLASIFICADO.

—Se toma nota.

NOS LEVANTAREMOS, ROJOS COMO EL.AMANECER.

Puedo oler el Obturador desde aquí. Cenizas, humo, cadáveres.

—Es un día flojo. No hay bombas todavía.

131

Tye dirige la mirada al noroeste y a la distante neblina oscura que sólo puede ser el frente de esta guerra absurda. Ella misma sirvió en las filas, aunque en el lado opuesto del que estamos ahora. Combatió para sus amos Lacustres y perdió un oído en un invierno helado en las trincheras. No oculta su deformidad. Lleva recogido el cabello rubio de tal forma que todos vean el ruinoso muñón que su presunta lealtad le valió.

Tristan examina el paisaje por tercera ocasión y entrecierra los ojos en la mirilla telescópica de su rifle largo. Está tendido bocabajo, semioculto por la fibrosa hierba de primavera. Sus movimientos son lentos y metódicos, estudiados en el campo de tiro de Irabelle y en los densos bosques de la comarca de los Lagos. Las muescas del cañón, rasguños diminutos en el metal, brillan bajo el sol. Son veintidós en total, una por cada Plateado que ha sido abatido con esa misma arma. A pesar de su desquiciante paranoia, Tristan tiene un dedo índice asombrosamente estable.

Desde nuestro lugar en lo alto tenemos una imponente vista del bosque circundante. El Obturador está unos kilómetros al noroeste, nublado incluso bajo el sol de la mañana, y Corvium un kilómetro y medio al este. No hay más poblados aquí. Ni siquiera animales. Estamos demasiado cerca de las trincheras para que veamos otra cosa que soldados. Pero se limitan al Camino de Hierro, la vía más importante que pasa por Corvium y va a dar al frente. En los últimos días hemos aprendido mucho de las legiones

Rojas, que reciben sin cesar soldados de reemplazo, que se baten en retirada una semana después con sus propios muertos y heridos. Llegan al amanecer y bien entrada la noche. Pese a que nosotros nos mantenemos a prudente distancia del camino, los oímos pasar. Cada legión consta de cinco mil, cinco mil de nuestros hermanos y hermanas Rojos resignados a ser blancos vivientes. Los convoyes de abastecimiento son difíciles de predecir, pues se movilizan cuando se les necesita, no de acuerdo con un calendario fijo. Están a cargo también de soldados Rojos y oficiales Plateados, estos últimos del tipo inservible. No es nada honroso estar al mando de un transporte lleno de comida podrida y vendas usadas. Estos convoyes son un castigo para los Plateados y una gracia para los Rojos. Y lo mejor es que no están bien resguardados. Después de todo, el enemigo Lacustre se encuentra al otro lado del Obturador, separado por kilómetros de páramos, trincheras y una explosiva artillería. Nadie mira los árboles al pasar. Nadie sospecha que otro enemigo ha traspasado ya sus paredes de cristal de diamante.

Veo el Camino de Hierro desde esta prominencia —los frondosos árboles cuyas hojas cubren la calzada pavimentada—, pero hoy no veremos el Camino. No obtendremos información de los movimientos de la tropa. Hablaremos con la tropa misma.

Mi reloj biológico me dice que se ha retrasado.

—Podría ser una trampa —murmura Tristan, quien siempre está ansioso de expresar sus opiniones alarmistas.

No quita el ojo de la mirilla, por precaución. Ha estado a la expectativa de una trampa desde el momento en que Will Whistle nos habló de sus contactos en el ejército. Y ahora que vamos a reunirnos con ellos, está más nervioso que de costumbre, si tal cosa fuera posible. No digo que sea malo tener un instinto así, sólo que resulta inútil en este momento. El riesgo forma parte del juego. No llegaremos a ningún lado si sólo pensamos en nuestro pellejo.

Aunque hay una razón para que únicamente tres de nosotros aguardemos.

—Si es una trampa, saldremos de ella —replico—. Nos las hemos visto peores.

No es una mentira. Todos tenemos cicatrices y fantasmas propios. Algunos de ellos nos trajeron a la Guardia Escarlata, y otros acontecieron por su causa. Conozco el aguijón de unos y otros.

Mis palabras están dirigidas a Tye más que a Tristan. Como todos los que han escapado de las trincheras, a ella no le agrada estar de vuelta, pese a que no vista el uniforme azul de los Lacustres. No se ha quejado nunca. Pero lo sé.

—Movimiento.

Tye y yo nos agachamos más y volteamos al instante en la misma dirección de la mirada de Tristan. La boca del rifle sigue la pista a paso de tortuga mientras rastrea algo entre los árboles. Cuatro sombras. *Son más que nosotros.*

Emergen con las manos en alto. A diferencia de los soldados del Camino de Hierro, estos cuatro traen puesto el uniforme al revés, pues al parecer prefieren el sucio forro café y negro a su usual color óxido. Ése es un mejor camuflaje para el bosque, por no hablar de sus nombres y rangos. No veo insignia o distintivo de ninguna especie. No tengo idea de quiénes son.

Una brisa suave hace crujir la hierba. Ésta se mece como un estanque sacudido por un guijarro y sus olas verdes se rompen contra los cuatro elementos, que se acercan en fila. Entrecierro los ojos para ver sus pies. Procuran pisar sobre las mismas huellas del líder. Cualquier rastreador pensaría que por este sendero vino una sola persona, no cuatro. Son listos.

Guía una mujer con una quijada como yunque. Le faltan los dos dedos índices. No puede disparar, pero no por eso deja de ser un soldado a juzgar por las señas de fatiga en su rostro. Igual que la chica esbelta y de piel cobriza que la sigue, está totalmente rapada.

Dos hombres cierran la marcha. Son jóvenes, cursan al parecer su primer año de conscripción. Ninguno tiene cicatrices ni lesiones visibles, así que no pueden hacerse pasar por heridos en Corvium. Es muy probable que sean soldados de abastecimiento que tienen la suerte de cargar cajas con municiones y alimentos. Aunque el segundo, el que viene en último, es demasiado pequeño para las labores manuales.

La mujer calva se detiene a tres metros, aún con las manos arriba. Demasiado cerca para nuestro gusto. Me obligo a incorporarme sobre la hierba y acorto la distancia entre nosotras. Tye y Tristan se mantienen quietos; no siguen escondidos, pero no se mueven.

—Somos nosotros —dice ella.

No retiro las manos de mi cadera, con los dedos a unos centímetros del arma que porto al cinto. La amenaza es manifiesta.

—¿Quién los mandó? —le pregunto para probarla.

Detrás de mí, Tristan se tensa como una serpiente. La mujer tiene el valor de no mirar el rifle, mientras que los demás no hacen lo mismo.

—Will Whistle, de Los Pilotes —responde. No se detiene ahí, a pesar de que es suficiente por el momento—. Hijos arrebatados a sus madres, soldados enviados a morir, innumerables generaciones de esclavos. Todos y cada uno de ellos nos enviaron con ustedes.

Agito los dedos. La furia es una espada de doble filo, y esta mujer ha sido herida con ambos.

—Con el Whistle basta. ¿Y ustedes son...?

—Cabo Eastree, de la Legión de la Torre, igual que los otros --hace un gesto a su espalda, a los tres que observan todavía a Tristan. A una señal mía, él relaja un poco el dedo en el gatillo, aunque no mucho—. Somos tropas de apoyo, reclutadas con destino a Corvium.

—Eso me dijo Will —miento rápidamente—. ¿Y de mí qué les dijo?

—Lo suficiente para que estemos aquí. Lo suficiente para arriesgar la vida por esto —la voz procede del joven delgado al final de la fila. Da un paso al frente, más allá de su camarada, con una sonrisa torcida, fría y burlona. Sus ojos relampaguean—. Usted sabe que si nos sorprenden aquí seremos ejecutados, ¿verdad?

Sopla otra brisa, más intensa que la anterior. Fuerzo mi propia sonrisa vacía.

—¿Eso es todo?

—Será mejor que nos apresuremos —dice Eastree—. Su gente protege su nombre, pero a nosotros eso no nos sirve. Tienen nuestra sangre, nuestros rostros. Éstos son el soldado Florins, el soldado Reese y...

El de la sonrisa torcida se aparta de la fila antes de que ella pueda decir su nombre. Cruza el espacio que nos separa, aunque no me tiende la mano.

—Yo soy Barrow. Shade Barrow. Y más le vale que no me disparen.

Entrecierro los ojos para verlo.

—No puedo prometerlo.

EL SIGUIENTE MENSAJE HA SIDO DESCIFRADO
CONFIDENCIAL, SE REQUIERE AUTORIZACIÓN DE UN SUPERIOR

Día 23 de la operación TELARAÑA ROJA, etapa 1
Agente: Capitán CLASIFICADO.
Denominación: CORDERO.
Origen: Corvium, NRT.
Destino: CARNERO en CLASIFICADO.

—Se anexa inteligencia de CORVIUM: estadísticas fuerte, mapa ciudad, trazo túneles, horarios/calendarios ejército.

—Evaluación preliminar: los más prometedores, cabo E (ansiosa, iracunda, una apuesta segura) y ayudante B (bien relacionado, ayudante de oficial recién destinado a CORVIUM). Posible reclutamiento o etapa 2.

—Ambos se muestran dispuestos a comprometerse, aunque ignoran presencia de GE en NRT, CL. Invaluable tener dos agentes en CORVIUM. Seguirán progresos, ¿solicitar reclutamiento de vía rápida?

NOS LEVANTAREMOS, ROJOS COMO EL AMANECER.

EL SIGUIENTE MENSAJE HA SIDO DESCIFRADO
CONFIDENCIAL, SE REQUIERE AUTORIZACIÓN DE UN SUPERIOR

Agente: Coronel CLASIFICADO.
Denominación: CARNERO.
Origen: CLASIFICADO.
Destino: CORDERO en Corvium.

—Solicitud denegada. Cabo E y ayudante B no esenciales.
—Abandone CORVIUM. Continúe con evaluación de contactos de WHISTLE/elementos de etapa 2 de TELARAÑA ROJA.

NOS LEVANTAREMOS, ROJOS COMO EL AMANECER.

EL SIGUIENTE MENSAJE HA SIDO DESCIFRADO
CONFIDENCIAL, SE REQUIERE AUTORIZACIÓN DE UN SUPERIOR

Agente: Capitán CLASIFICADO.

Denominación: CORDERO.

Origen: Corvium, NRT.

Destino: CARNERO en CLASIFICADO.

—Inteligencia de CORVIUM vital para causa GE. Se solicita más tiempo en sitio. Transmita a COMANDANCIA.

—Convencida de que cabo E y ayudante B son excelentes candidatos.

NOS LEVANTAREMOS, ROJOS COMO EL AMANECER.

EL SIGUIENTE MENSAJE HA SIDO DESCIFRADO
CONFIDENCIAL, SE REQUIERE AUTORIZACIÓN DE UN SUPERIOR

Agente: General CLASIFICADO.

Denominación: TAMBOR.

Origen: CLASIFICADO.

Destino: CORDERO en Corvium, CARNERO en CLASIFICADO.

—Solicitud denegada. Las órdenes son continuar evaluación etapa 1 para etapa 2/traslado de elementos.

NOS LEVANTAREMOS, ROJOS COMO EL AMANECER.

EL SIGUIENTE MENSAJE HA SIDO DESCIFRADO
CONFIDENCIAL, SE REQUIERE AUTORIZACIÓN DE LA COMANDANCIA

Agente: Capitán CLASIFICADO.
Denominación: CORDERO,
Origen: Corvium, NRT.
Destino: TAMBOR en CLASIFICADO.

—Fuerte oposición. Muchos elementos militares presentes en COR-
VIUM, deben evaluarse para traslado etapa 2.
—Se solicita más tiempo en sitio.

NOS LEVANTAREMOS, ROJOS COMO EL AMANECER.

EL SIGUIENTE MENSAJE HA SIDO DESCIFRADO
CONFIDENCIAL, SE REQUIERE AUTORIZACIÓN DE UN SUPERIOR

Agente: General CLASIFICADO.
Denominación: TAMBOR.
Origen: CLASIFICADO.
Destino: CORDERO en Corvium.

—Solicitud denegada. Retírese.

NOS LEVANTAREMOS, ROJOS COMO EL AMANECER.

Conforme al protocolo, quemo el menguado fajo de mensajes. Los puntos y guiones que especifican las órdenes de la comandancia quedan reducidos a cenizas, consumidos por las llamas. Conozco esta sensación. La cólera lengüetea mis entrañas. De cualquier forma, no lo dejo ver en mi rostro, por el bien de Cara.

Ella me mira a través de los gruesos anteojos encaramados en su nariz. Mueve los dedos con impaciencia, lista para emitir mi respuesta a órdenes que no puede leer.

—No es necesario —le digo y sacudo la mano. La mentira permanece un momento en mi boca—. La comandancia cedió. Nos quedaremos.

Apuesto que el maldito ojo rojo del coronel rueda ahora mismo en su cuenca. Pero sus órdenes son miopes y absurdas, y la comandancia piensa ya igual que él. Deben ser desobedecidos, por la causa, por la Guardia Escarlata. La cabo Eastree y Barrow serían invaluables para nosotros, por no mencionar que ambos arriesgan ya su vida para conseguir la información que necesito. La Guardia les debe su juramento, si no es que también el desalojo en la etapa 2.

Ellos no están aquí, en el ojo del huracán, me digo. Esto calma el escozor de la desobediencia. El coronel y la comandancia no comprenden lo que Corvium significa para el ejército de Norta ni lo importante que nuestra información será. El solo sistema de túneles vale mi tiempo; une todas las partes de la ciudad-fortaleza, lo que permite no sólo el movimiento clandestino de tropas sino también la infiltración de la propia Corvium. Y gracias a la posición de Barrow como ayudante de un Plateado de alto rango, tenemos acceso también a inteligencia de otro tipo: qué oficiales prefieren la renuente compañía de los soldados Rojos; que el Lord General Osanos, el gobernador ninfo de la región de los Lagos Occidentales y comandante de la ciudad, mantiene una enemistad de familia con el Lord General Laris, comandante de toda la flota aérea de Norta; quién es esencial para el ejército y quién goza de un alto rango por mero lucimiento. La lista continúa. Son rivalidades y debilidades menores que bien pueden ser explotadas. Hay focos de podredumbre que nosotros podemos atizar.

Si la comandancia no ve esto, debe estar ciega.

Pero yo no lo estoy.

Y hoy es el día en que pondré un pie murallas adentro y veré lo peor que Norta puede ofrecerle a la revolución del mañana.

Cara cierra su transmisor y vuelve a conectarlo al cable que cuelga de su cuello. Carga con él siempre, anidado muy cerca de su corazón.

—¿Ni siquiera al coronel? —pregunta—. ¿Para presumir?

—Hoy no.

Fuerzo la mejor de mis sonrisas. Esto la aplaca.

Y me convence. Las dos últimas semanas han sido una mina de oro de información. Las dos siguientes seguramente serán iguales.

Me obligo a salir del apretado armario que usamos para las transmisiones, la única parte de esta casa abandonada cuyas cuatro paredes y techo están intactos. El resto de la estructura cumple su función, ya que sirve como casa de seguridad para nuestros asuntos en Corvium. La sala principal, tan larga como ancha, tiene paredes de ladrillo, pero le falta una de ellas y el techo de hojalata está oxidado. Y el recinto pequeño, quizás una habitación, carece de techo. No importa. La Guardia Escarlata ha padecido cosas peores, y además las noches han sido anormalmente calurosas para la época, aunque húmedas. El verano se acerca a Norta. Nuestras tiendas de plástico nos protegen de la lluvia, pero no del aire húmedo. *No es nada*, me digo. *Una incomodidad menor*. De cualquier modo, gotas de sudor descienden por mi cuello. *Y ni siquiera es mediodía*.

Para ignorar la sensación de bochorno producida por la humedad en ascenso, me enrollo la trenza sobre la cabeza como si fuera una corona. Si este clima persiste, podría considerar cortarla.

—Está retrasado —dice Tristan desde su garita en una ventana sin cristales.

Sus ojos no están quietos nunca, siempre vivaces e inquisitivos.

—Me preocuparía si no lo estuviera.

Barrow no ha llegado a tiempo una sola vez a nuestros encuentros de las dos últimas semanas.

Cara se suma a Tye en un rincón y se deja caer a su lado con un alegre estruendo. Luego comienza a limpiar sus gafas con la misma atención con la que Tye limpia sus pistolas. Ambas tienen la misma apariencia, de Lacustres rubias. Al igual que yo, no están acostumbradas al calor de mayo y se juntan bajo la sombra.

A Tristan no le afecta tanto. Es un chico de las Tierras Bajas, hijo del invierno templado y el verano cenagoso. El calor no le incomoda. De hecho, el único indicador del cambio de estación en él son sus pecas, que parecen desarrollarse más aún. Motean sus brazos y su rostro y aumentan cada día. También su cabello es más largo, una mata de color rojo oscuro que se ensortija con la humedad.

—¡Se lo advertí! —exclama Rasha desde la esquina opuesta, donde se entretiene en trenzar su cabello contra su rostro moreno y procura dividir sus negros rizos en partes iguales. Su rifle, no tan largo como el de Tristan aunque igual de desgastado, se apoya en la pared que está junto a ella—. Comienzo a creer que no duermen en las Tierras Bajas.

—Si quieres saber más sobre mis hábitos de sueño te bastaría con preguntarme, Rasha —replica Tristan.

Esta vez mira un segundo por encima de su hombro y se encuentra con los negros ojos de ella. Comparten una mirada de complicidad.

Aguanto las ganas de reír.

—Concéntrense en el bosque, ustedes dos —murmuro. *Ya es bastante difícil dormir en el suelo sin oír el chirrido de las tiendas*—. ¿Los exploradores siguen fuera?

—Tarry y Shore subirían la colina y regresarán al anochecer, igual que Gran Coop y Martenson —Tristan cuenta con los dedos al resto de nuestro equipo—. Cristobel y Pequeño Coop están a kilómetro y medio, en el bosque. Aguardan a tu Barrow y se fueron dispuestos a esperar un largo rato.

Asiento. Todo marcha según lo planeado.

—¿La comandancia está satisfecha hasta ahora?

—Como no te imaginas —miento lo mejor que puedo. Por fortuna, Tristan no voltea desde su puesto de vigía. No observa la vergüenza que siento subir por mi cuello—. Proveemos buena información. Que vale nuestro tiempo, sin duda.

—¿Planea tomarles juramento a Eastree o a Barrow?

—¿Por qué lo preguntas?

Se encoge de hombros.

—Hemos dedicado demasiado tiempo a ese par como para no reclutarlos. ¿O los propondrás para la etapa dos?

Tristan no hace esto por husmear. Es un buen lugarteniente, el mejor que he visto, leal hasta la médula. No sabe que incomoda, pero lo hace.

—No lo he decidido todavía —digo entre dientes e intento caminar despacio mientras huyo a toda prisa de sus preguntas—. Voy a dar una vuelta por el inmueble. Avísenme si aparece Barrow.

—Lo haré, jefa —se deja oír desde la sala.

Me cuesta un gran esfuerzo moderar mis pasos y siento que transcurre una eternidad antes de que esté a salvo en la verde arboleda. Respiro hondo para reponerme y me

obligo a tranquilizarme. *Todo es para bien. Mentirles, desobe-*
decer las órdenes, es para bien. No es tu culpa que el coronel no
entienda. No es tu culpa. El viejo estribillo me reanima, resulta tan reconfortante como una bebida fuerte. Todo lo que
he hecho y todo lo que haré es por la causa. Nadie puede
decir lo contrario. Nadie cuestionará mi lealtad una vez
que les entregue Norta en charola de plata.

Una sonrisa reemplaza poco a poco mi usual semblante
rígido. Mi equipo no sabe lo que se avecina, ni siquiera
Tristan. No sabe lo que la comandancia ha planeado para
este reino en las semanas venideras o lo que hemos hecho
para poner las cosas en movimiento. Sonrío y recuerdo el
sonido de la cámara de video. Las palabras que pronuncié
frente a ella. El mundo las oirá pronto.

No me gusta este bosque. Es demasiado quieto, demasiado silencioso, y el aire está impregnado todavía del olor a ceniza. Pese a sus árboles más que vivos, este lugar está muerto.

—Una buena ocasión para dar un paseo.

Le pongo la pistola en la sien antes de que yo tenga
tiempo para pensar. Por alguna razón, Barrow no se asus-
ta. Sólo alza las palmas en gesto de rendición.

—¡Vaya que eres idiota! —le digo.

El ríe.

—Así debe ser, como que me junto todavía con tu va-
riopinto club de rebeldes.

—Estás retrasado.

—Yo prefiero decir *cronológicamente desfasado.*

Con una risa sin humor enfundo el arma, pero no la suelto. Entrecierro los ojos para mirarlo. Aunque por lo general viste el uniforme al revés para que le sirva de camuflaje, esta vez no se ha molestado en hacerlo. Su camisola es roja como la sangre, oscura y gastada. Resalta contra la vegetación.

—Tengo dos observadores a tu espera.

—No han de ser muy buenos —dice y vuelve a sonreír. Otro pensaría que Shade Barrow es franco y cordial y que no cesa de reír, pero hay cierta frialdad debajo de todo eso. Un frío extremo—. Llegué por el camino de costumbre.

Palmeo su camisola con desdén.

—¿En serio? —*Ahí está.* Sus ojos brillan como las esquirlas del ámbar congelado. Shade Barrow tiene sus secretos, como los tenemos todos—. Le avisaré al equipo que ya estás aquí —continúo y me aparto de él y su menuda figura.

Sus ojos siguen mis movimientos y me miden en silencio. Aunque tiene apenas diecinueve años y lleva poco más de uno en servicio militar, su adiestramiento ciertamente es un desastre.

—Querrás decir que vas a avisarle a tu perro guardián.

Una de las comisuras de mi boca se eleva.

—Se llama Tristan.

—Tristan, sí. Un pelirrojo que no suelta su rifle —a pesar de que me da espacio, me sigue cuando echo a andar hacia la granja—. Es curioso, jamás pensé encontrar a un sureño pegado a ti.

—¿Sureño? —pregunto con voz firme pese al no tan vago sondeo de Barrow.

Acelera el paso hasta que casi me pisa los talones. Yo contengo el impulso de darle una patada en la rodilla.

—Es de las Tierras Bajas, con ese acento tenía que serlo. No es un ningún secreto. Justo como el resto de tu cuadrilla. Todos son Lacustres, ¿cierto?

Lo miro por encima del hombro.

—¿Qué te hace pensar eso?

—Y supongo que tú eres del lejano norte, más allá de donde llegan nuestros mapas —insiste. Tengo la sensación de que disfruta esto, como si fuera una adivinanza—. Estás aquí porque esperas un poco de diversión del verano, cuando los días son largos y calurosos. Nada como una semana de nubarrones de tormenta que nunca se cumplen y de un aire que amenaza con la asfixia.

—No me sorprende que no seas un soldado de trincheras —le digo cuando llegamos a la puerta—. No necesitan un poeta en el frente.

El bastardo todavía me guiña un ojo.

—Bueno, no todos podemos ser tan brutos.

Pese a las muchas advertencias de Tristan, sigo a Barrow, desarmada. Si me atrapan en Corvium, puedo alegar que soy un simple ciudadano Rojo de Norta en el lugar y momento equivocados. No así si porto mi pistola de Lacustre o una navaja, pues entonces me ejecutarán en el acto, y no sólo por cargar armas sin permiso, sino también por ser un Lacustre. Quizá me arrastrarán hasta un susurro por si acaso, y éste es el peor destino de todos.

Mientras que la mayoría de las ciudades crecen desordenadamente, con pequeños poblados y vecindarios en torno a sus murallas y fronteras, Corvium es única. Barrow se detiene justo antes de que termine la arboleda y mira al norte el claro alrededor de una colina. Yo recorro con la vista la ciudad-fortaleza y no encuentro algo de utilidad. A pesar de que he estudiado minuciosamente los mapas robados de Corvium, verla con mis propios ojos es completamente distinto.

Las murallas de granito negro cuentan con picos de hierro reluciente y otras *armas* que pueden ser aprovechadas por las habilidades Plateadas. Enredaderas verdes ascienden por las columnas de una docena de torres de vigilancia, un foso de agua oscura surtido por tubos rodea la ciudad entera y extraños espejos salpican las púas de metal que se clavan en los parapetos, para que las sombras Plateadas, supongo, concentren su habilidad en utilizar la luz. Desde luego, también hay armamento más tradicional. Oscuras como el petróleo, las torres de vigilancia están repletas de armas pesadas en posición de descanso, artillería lista para disparar sobre cualquier cosa en las inmediaciones. Y detrás de las murallas se levantan altos edificios, que el estrecho espacio eleva aún más. Son negros también y están guarnecidos de oro y plata, como una sombra bajo el sol más brillante. Según los mapas, la urbe está organizada en forma de una rueda, con las calles como rayos, ramas de la plaza central, que se utiliza para reunir ejércitos y montar ejecuciones.

El Camino de Hierro atraviesa la ciudad de este a oeste. Su sección occidental es tranquila; nadie transita por ella a esta avanzada hora de la tarde. En cambio, la sección oriental hierve de transportes, en su mayoría de factura Plateada, que salen de la fortaleza ocupados por nobles y oficiales que tiñen sus mejillas de azul. El último y más lento es un convoy de reparto Rojo que retorna a los mercados de Rocasta, la ciudad de abasto más cercana. Consta de sirvientes en vehículos de motor, en carretas tiradas por caballos e incluso a pie; todos hacen el viaje de cuarenta kilómetros sólo para regresar días después. Saco el catalejo de mi camisola y lo sostengo frente a mis ojos para seguir el andrajoso cortejo.

Lo componen una docena de transportes, igual número de carretas y quizás unos treinta Rojos a pie. Todos avanzan con la misma lentitud. Tardarán por lo menos nueve horas en llegar a su destino. Eso es un derroche de mano de obra, aunque dudo que a ellos les importe. Repartir uniformes es menos perjudicial que usarlos. Mientras observo, el último de los vehículos del convoy sale por la puerta este.

—La Puerta de la Imploración —mascula Barrow.

—¿Mmm?

Tapa mi catalejo y señala.

—La llamamos la Puerta de la Imploración. Cuando entras, imploras salir; cuando sales, imploras no regresar jamás.

No me queda otro remedio que reír.

—No sabía que Norta se inclinara a la religión —se limita a sacudir la cabeza—. ¿A quién le rezas tú?

—A nadie, supongo. Al final son sólo palabras.

Por algún motivo, bajo las sombras de Corvium los ojos de Shade Barrow hallan un poco de vivacidad.

—Si me llevas a esa puerta te enseñaré una plegaria.

Nos levantaremos, Rojos como el amanecer. Exasperante como puede ser, tengo la impresión de que él será Escarlata muy pronto.

Ladea la cabeza y me observa tan atentamente como yo a él.

—Trato hecho.

—Aunque no veo cómo piensas hacerlo. Nuestra mejor posibilidad fue el convoy, pero por desgracia tú estás... ¿cómo dijiste? ¿Cronológicamente desfasado?

—Nadie es perfecto, ni siquiera yo —reclama con una sonrisa de suficiencia—. Pese a todo, dije que hoy te llevaría dentro y siempre cumplo lo que prometo, tarde o temprano.

Lo miro de arriba abajo para calibrar su actitud. No confío en él. No se me da confiar en nadie. *A pesar de que el riesgo forma parte del juego.*

—¿Harás que me maten?

Su sonrisa se ensancha.

—Supongo que tendrás que averiguarlo.

—¿Qué haremos entonces?

Para mi sorpresa, extiende una mano con unos dedos muy largos. Yo la miro, confundida. ¿Pretende que saltemos las puertas como un par de niños traviesos? Frunzo el ceño, cruzo los brazos y le doy la espalda.

—Bueno, vámonos...

Una cortina negra cubre mi vista cuando Barrow desliza una pañoleta sobre mis ojos.

Gritaría si pudiera y le haría señas a Tristan para que nos siguiera a quinientos metros, pero mis pulmones se quedan sin aire de súbito y todo parece contraerse. Siento que el mundo se encoge, así como la cálida mole del pecho de Barrow contra mi espalda. El tiempo gira, todo cae. El suelo se inclina bajo mis pies.

Me doy un fuerte golpe sobre el concreto, lo suficiente para sacudir un cerebro de suyo agitado. A pesar de que la venda desaparece, eso no me sirve de mucho. No veo bien, un manchón negro contra algo más oscuro, y todo gira. Tengo que cerrar los ojos de nuevo para convencerme de que no giro con el mundo.

Mis manos encuentran algo frío y resbaloso —espero que sea agua— mientras intento ponerme en pie. Por el contrario, caigo de espaldas, y cuando fuerzo mis ojos a abrirse hallo una oscuridad húmeda y azul. El manchón se desvanece, lento al principio y luego de un tirón.

—¡Qué diablos...!

Caigo de rodillas y expulso todo lo que cargo en el vientre.

La mano de Barrow encuentra mi espalda, donde me aplica lo que cree que son círculos relajantes. Pero su tacto me enchina la piel. Escupo, termino de vaciar el estómago y me levanto con pies torpes, así sea sólo para alejarme de él.

Tiende una mano para sujetarme y la alejo de un golpe. ¡Cómo quisiera haber conservado mi puñal!

—¡No me toques! —gruño—. ¿Qué fue eso? ¿Qué ocurrió? ¿Dónde estoy?

—Cuidado, nunca fuiste tan filosófica.

Escupo a sus pies una bilis amarillenta.

—¡Barrow! —siseo.

Suspira, fastidiado como un profesor.

—Te traje por los túneles del desagüe, hay algunos en el bosque. Claro que tuve que taparte los ojos. No puedo ofrecer todos mis secretos gratis.

—¡Desagüe! Estábamos afuera hace un minuto. Nada se mueve tan rápido.

Se empeña en reprimir una sonrisa.

—Te golpeaste en la cabeza —dice, después de un largo momento—. Perdiste el conocimiento a causa del tobogán.

Esto explicaría el vómito, *una conmoción cerebral*. Aunque nunca me he sentido tan alerta. Toda la náusea y angustia de los últimos segundos desaparece de repente. Me palpo el cráneo con cuidado, en busca de un chichón o un punto sensible, pero no lo encuentro.

Él observa mi auscultación con un interés extrañamente concentrado.

—¿O crees que terminaste a ochocientos metros y bajo la fortaleza de Corvium de otra manera?

—No, supongo que no.

Cuando mis ojos se adaptan a la oscuridad, veo que estamos en una bodega. Abandonada u olvidada, a juzgar por el polvo en los anaqueles vacíos y el agua estancada en el suelo. Evito mirar el cúmulo fresco de mi vómito.

—Toma, ponte esto.

Muestro un envoltorio de ropa sucia. Lo lanza en mi dirección y el atado se estrella contra mi pecho en medio de una nube de polvo y mal olor.

—¡Fantástico! —balbuceo, y cuando lo desdoblo descubro que es un uniforme reglamentario. Está muy luido, parchado y sucio. La insignia es simple; consta de una barra blanca con un marco negro. Esto es de una recluta de infantería. *Yo seré un cadáver viviente*—. ¿A qué cuerpo le robaste esto?

El impacto del frío lo hace sacudirse una vez más, sólo por un momento.

—Te quedará. Es lo único que debería preocuparte.

—Muy bien.

Me quito la camisola sin mayor aspaviento y en rápida sucesión me desprendo de mis estropeados pantalones y mi blusa. Mi ropa interior no es nada especial; no hace juego, aunque por fortuna está limpia, pero él me mira un poco boquiabierto de todas maneras.

—¿Ya tragas moscas, Barrow? —me burlo mientras me visto los pantalones del uniforme. Bajo la tenue luz, parecen rojos y maltrechos, como tubos oxidados.

—Perdón —murmura. Vuelve la cabeza y después el cuerpo, como si me importara la privacidad.

La vergüenza que sube por su cuello me hace sonreír.

—No pensé que la forma femenina hiciera sentir tan incómodos a los soldados —insisto mientras ajusto la cremallera de la camisa.

Pese a que está ajustado, el uniforme me queda bien. Estaba destinado obviamente a alguien de baja estatura y hombros menos amplios.

Él se da la vuelta al momento. El color ha cambiado en sus mejillas. Le da un aspecto de una persona más joven. *No*, comprendo, *le da el aspecto de alguien de su edad.*

—Y yo no sabía que las Lacustres fueran tan generosas con ella.

Le lanzo una sonrisa igual de fría que su mirada.

—Soy de la Guardia Escarlata, jovencito. Tenemos cosas más importantes de qué preocuparnos que de la piel desnuda.

Algo vibra entre nosotros. Quizás es una corriente de aire, o el regreso del dolor de cabeza que mi lesión me causó. Esto debe ser.

Él ríe.

—¿Qué sucede?

—Me recuerdas a mi hermana.

Es mi turno de sonreír.

—¿La espiabas mucho?

La pulla no lo intimida; la deja pasar.

—Por tu manera de ser, Farley. Tu actitud. Piensas igual que ella.

—Debe de ser una muchacha brillante.

—Sin duda lo cree.

—¡Qué gracioso!

—Pienso que ustedes dos serían grandes amigas —ladea la cabeza y hace una breve pausa—. Si no se matan entre sí.

Por segunda vez en igual número de minutos lo toco, algo reacia, aunque no con la misma suavidad con que él posó sus manos en mi espalda. Le doy un ligero puñetazo en el hombro.

—Vámonos —le digo—. No me hace ninguna gracia vestir la ropa de un muerto.

Apéguese a sus órdenes, capitán. La COMANDANCIA no tolerará esto. —CARNERO—

EL SIGUIENTE MENSAJE HA SIDO DESCIFRADO
CONFIDENCIAL, SE REQUIERE AUTORIZACIÓN DE LA COMANDANCIA

Día 29 de la operación BALUARTE, etapa 2.

Agente: Coronel CLASIFICADO.

Denominación: CARNERO.

Origen: CLASIFICADO.

Destino: TAMBOR en CLASIFICADO.

—Sin contacto con CORDERO en 2 días.

—Se solicita permiso para interceptar.

—BALUARTE, más avanzada de lo previsto. Isla #3 en funciones, aunque tránsito problemático. Se necesitarán más botes de los planeados.

NOS LEVANTAREMOS, ROJOS COMO EL AMANECER.

EL SIGUIENTE MENSAJE HA SIDO DESCIFRADO
CONFIDENCIAL, SE REQUIERE AUTORIZACIÓN DE UN SUPERIOR

Agente: General CLASIFICADO.

Denominación: TAMBOR.

Origen: COMANDANCIA en CLASIFICADO.

Destino: CARNERO en CLASIFICADO.

—Se otorga permiso para interceptar, transmita más info. relat. a la ubicación de CORDERO.

—Use la fuerza de ser necesario. Usted la propuso; será su responsabilidad si esto continúa.

—Proceda a etapa 2 de TELARAÑA ROJA. Colab. con otros equipos para iniciar traslado.

—Explore otras opciones de tránsito para #3.

NOS LEVANTAREMOS, ROJOS COMO EL AMANECER.

Ponga su trasero donde debe, CORDERO, o su cabeza rodará.
—CARNERO—.

Arrojo otro mensaje al fuego.

—¡Qué bello! —susurro mientras veo quemarse las palabras del coronel.

Esta vez Cara no se molesta en preguntar, aunque frunce los labios y forma con ellos una fina línea que contiene un torrente de interrogantes. Hace cinco días que respondí mis mensajes por última ocasión, oficiales o no. Es obvio que ella sabe que algo sucede.

—Cara... —comienzo, pero ella eleva una mano.

—No tengo autorización —replica. Sus ojos se cruzan con los míos con una ferocidad pasmosa—. Y no me interesa saber por cuál camino nos conduce, siempre y cuando usted crea que es el correcto.

Una sensación de calor llena mis entrañas. Hago cuanto puedo por no exhibirla, pese a lo cual se me escapa una sonrisa. Pongo una mano en su hombro y le transmito así la más leve sensación de gratitud.

—No se ponga sentimental conmigo, capitana —dice entre risas y guarda el transmisor.

—No lo haré.

Me enderezo y me vuelvo hacia el resto de mi equipo. Todos están apiñados al fondo del sofocante corredor, a una distancia respetuosa para darme el margen que necesito para atender mi correspondencia privada. Con el propósito de ocultar nuestra presencia, Tristan y Rasha están sentados en el borde de la acera del callejón y miran de frente al sendero que se extiende a lo lejos. Adelantan una mano y llevan puesta la capucha, para mendigar comida o dinero. Todas las personas que pasan voltean para otro lado.

—Tye, Gran Coop —la pareja en cuestión da un paso al frente. Tye ladea la cabeza para apuntar hacia mí su oído sano, mientras que Gran Coop hace honor a su apodo. Con un pecho como un barril y más de dos metros de pesado músculo, es casi del doble de estatura que su hermano, Pequeño Coop—. Quédense con Cara, tengan listo el segundo radio.

Ella alarga una mano, casi ansiosa por tomar nuestro más reciente premio. Se trata de uno de los tres radios seguros y sofisticados de reciente factura y largo alcance que fueron sustraídos de las tiendas de Corvium por los hábiles dedos de Barrow. Les paso un radio y me quedo con el segundo. Barrow conservó el tercero, por si debía ponerse en contacto. A pesar de ello, no lo ha usado todavía, ni yo llevo la cuenta de sus comunicaciones. Por lo común sólo hace acto de presencia cuando quiere intercambiar información, sin previo aviso siempre, y escapa de cada observador que pongo en la granja. Pero hoy estamos más allá de su taimado alcance, cuarenta kilómetros al este, en plena Rocasta.

—En cuanto a los demás, Cristobel y Pequeño Coop, harán guardia. Suban y ocúltense. Empleen las señales usuales.

Cris sonríe y muestra una boca a la que le hacen falta varios dientes. Fue su castigo por *sonreír* a su amo Plateado cuando tenía doce años y servía en una mansión en Trial. Pequeño Coop está igual de impaciente. Su estatura y porte apocado, para no hablar del muro de ladrillos que es su hermano, encubren un hábil agente con temple de acero. Sin necesidad de nada más, se ponen a trabajar. Pequeño Coop se toma de un tubo de drenaje y sube las paredes de ladrillo del callejón al tiempo que Cris trepa de prisa una cerca, sobre la que se impulsa para ascender al angosto alféizar de una ventana. Ambos desaparecen en un instante; nos acompañarán desde los tejados de Rocasta.

—El resto seguirá la pista a sus blancos. Mantengan bien abiertos los oídos. Memoricen sus movimientos. Quiero saber todo de ellos, desde su fecha de cumpleaños hasta de qué número calzan. Obtengan lo más que puedan en el tiempo a nuestra disposición.

Son las palabras de rutina. Todos conocen el motivo de que yo haya convocado a esta exploración. Pero sirven como un grito de guerra, un último hilo que nos une. *Que los ata a tu desobediencia, querrás decir.*

Cierro el puño y mis uñas se entierran en mi palma, donde nadie puede ver. El dolor borra a la perfección esa idea. Como lo hace también la brisa que recorre la callejuela. A pesar de que huele a basura, está fresca, pues sopla hacia el norte desde el lago Eris.

—Cuanto más sepamos acerca del convoy de abastecimiento de Corvium será más fácil infiltrarlo —ésta es una razón tan buena como cualquier otra para estar aquí, para permanecer en este sitio cuando lo único que el coronel hace es ordenarme partir—. Las puertas se cierran al anochecer. Regresen al punto de reunión menos de una hora después. ¿Entendido?

Inclinan la cabeza al mismo tiempo, aunque tensos, con ojos vivaces, brillantes e impacientes.

El reloj de una torre suena nueve veces a unas cuadras de nosotros. Yo me muevo sin pensar y paso entre mis miembros de la Guardia mientras se forman detrás de mí. Tristan y Rasha son los últimos en erguirse. Mi lugarteniente parece desnudo sin su rifle, pero sé que lleva en alguna parte una pistola, que quizás acumula sudor en la base de su espalda. Enfilamos hacia la calle, un paso importante que atraviesa el sector Rojo de la ciudad. Estamos a salvo por ahora, rodeados de casas y negocios Rojos y unos cuantos agentes Plateados, si acaso, que nos ven pasar. Como Harbor Bay, Rocasta tiene su facción de Patrulla Roja, que protege lo que los Plateados no resguardarán. Pese a que nos dirigimos al mismo punto, mi equipo se divide en las parejas de costumbre, de modo que nos separamos. No podemos entrar al centro de la ciudad con el aspecto de un pelotón de asalto, y menos todavía con el de una pandilla. Tristan está a mi lado de nuevo y permite que lo guíe a nuestro destino, el Camino de Hierro. Como en Corvium, esta vía divide Rocasta a la mitad y pasa justo por su corazón como un río a través de un valle. A medida que nos acercamos a la calzada principal, el tránsito aumenta. Unos sirvientes retrasados corren hacia las casas de sus amos, vigilantes voluntarios regresan de sus puestos nocturnos y algunos padres apresuran a sus hijos en dirección a derruidas escuelas.

A cada calle que avanzamos hay más agentes, desde luego. Sus uniformes, negros con ribetes plateados, ofrecen una apariencia adusta bajo el sol inclemente de fines de la primavera, igual que las armas relumbrantes y los garrotes que portan al cinto. Curiosamente, sienten la necesidad de vestir uniforme, como si se expusieran a ser confundidos con Rojos. Con uno de nosotros. ¡Ni por asomo! Su piel, que apenas llega al azul y al gris, despojada de todo lo vivo, es lo bastante distintiva. No hay un solo Rojo sobre la tierra que sea tan frío como un Plateado.

Diez metros adelante de nosotros, Rasha se detiene en forma tan repentina que su pareja, Martenson, casi tropieza con ella. No es una hazaña menor, si se considera que mide apenas unos quince centímetros más que el encanecido Pequeño Papa. A pesar de que Tristan se tensa junto a mí, no rompe la formación. Conoce las reglas. Nada está por encima de la Guardia, ni siquiera el afecto.

Los legionarios Plateados llevan de los brazos a un chico que patea en el aire. Es de baja estatura, y muy joven para tener dieciocho años. Dudo que necesite afeitarse. Hago lo que puedo para no oír sus súplicas, pero el gemido de su madre no puede ignorarse. Ella lo sigue, con otros dos hijos a la zaga y un padre serio más atrás. Va prendida de la camisa del muchacho, en un último combate de resistencia a su alistamiento.

Todos los que estamos en la calle contenemos la respiración como si fuéramos uno solo mientras presenciamos esa tragedia familiar.

Un golpe se escucha de repente; la madre cae de espaldas y se aprieta una mejilla lastimada. El legionario no levantó un solo dedo ni se distrajo de su nefasta labor. De seguro es un telqui y usó sus habilidades para golpear a la mujer.

—¿Quieres más? —espeta cuando ella intenta levantarse.

—¡No! —grita el chico, quien usa su. caduca libertad para implorar.

Esto no durará. Esto no continuará. Es el motivo de que yo esté aquí.

Aún así, me da rabia saber que no puedo hacer nada por este muchacho y su madre. Nuestros planes marchan de modo satisfactorio, aunque no lo bastante rápido para él. *Quizá sobreviva*, me digo. A pesar de ello, una mirada a sus delgados brazos y a los anteojos pisoteados por un legionario me dice otra cosa. Este chico morirá como tantos otros. En una trinchera o en un erial, solo en el último trance.

—No puedo ver esto —mascullo y doy vuelta en otro callejón.

Después de un largo momento de una vacilación extraña, Tristan me sigue.

Sólo me cabe esperar que Rasha mantenga el curso tan bien como él. Pero comprendo. Perdió dos hermanas a manos del reclutamiento Lacustre y huyó de su casa antes de enfrentar el mismo destino.

Rocasta no es una ciudad amurallada ni tiene puertas que obstruyan los extremos del Camino de Hierro. Es fácil entrar a ella, aunque esto vuelve nuestra tarea un poco más difícil. El cuerpo principal del convoy de abastecimiento avanza por la calle, en tanto que algunos de sus escoltas a pie se apartan y toman diferentes atajos al mismo destino. En otras circunstancias, mi equipo dedicaría varias horas a seguirlos a todos hasta sus casas sólo para verlos dormir a fin de reponerse del largo viaje. Ahora no. Porque es el Primer Viernes. Hoy es la Proeza de Julio.

Se trata de una ridícula tradición de Norta, pese a lo cual es eficaz si ha de darse crédito a la inteligencia. En casi cada poblado y ciudad, un ruedo proyecta largas sombras y escupe sangre una vez al mes. Los Rojos están obligados a asistir, para sentarse a ver cómo los paladines Plateados intercambian golpes y habilidades con el regocijo de actores. No tenemos nada semejante en la comarca de los Lagos. Los Plateados no sienten la necesidad de lucirse frente a nosotros; la legendaria amenaza de Norta es suficiente para mantener aterrados a todos.

—Lo hacen en las Tierras Bajas también —murmura Tristan.

Se recarga en la cerca de concreto que bordea el paseo en torno a la entrada al ruedo. Nuestras miradas vuelan al unísono; uno observa siempre a nuestros blancos y el otro vigila a la partida de oficiales que dirigen a la gente hacia las fauces abiertas de la Plaza Rocasta.

—Los llaman Actos, no Proezas. Y no nada más teníamos que ver. A veces también hacían pelear a los Rojos.

Oigo en su voz la trepidación de la rabia, incluso por encima del caos organizado del espectáculo de hoy.

Golpeo levemente su hombro.

—¿Los hacían pelear entre ellos?

Matar a un Rojo o morir a manos de un Plateado. No sé qué es peor.

—Los blancos están en movimiento —gruñe simplemente.

Lanzo una mirada más a los oficiales, ocupados ahora con una banda de chicos escuálidos que detienen el tránsito a pie.

—Vámonos.

Y dejemos que la herida se infecte con el resto.

Me arrojo sobre la pared junto a él y me deslizo entre la muchedumbre, con los ojos puestos en los cuatro uniformes rojos al frente. No es fácil. Estamos tan cerca de Corvium que aquí abundan los militares Rojos, ya sea de paso para tomar sus puestos en el Obturador o adscritos a diferentes convoyes, como el que nosotros seguimos. Pero esos cuatro hombres, tres de piel broncínea y el otro moreno, todos fatigados hasta los huesos, no se separan. Rondamos sus pasos. Tripulaban una carreta del convoy tirada por caballos, aunque no sé qué transportaban; estaba vacía cuando retornaron con el resto. A juzgar por la ausencia de seguridad y de Plateados, no creo que se trate de armamento o municiones. Supongo que los tres hombres broncíneos son hermanos, así lo indica la semejanza de sus rostros y sus gestos. Es casi cómico verlos escupir y rascarse el trasero en escalonada sucesión. Al cuarto de ellos, un sujeto fornido de ojos vívidamente azules, lo domina la comezón, pese a lo cual sonríe más que todos los demás juntos. Creo que lo llaman Crance, según lo que he alcanzado a escuchar.

Cruzamos los arcos del acceso a la plaza como gatos al acecho, lo bastante cerca de nuestros blancos para oírlos sin ser notados. Arriba, intensas luces eléctricas iluminan el recinto de techo alto que une el paseo externo con el interior. La multitud aumenta a nuestra izquierda, donde varios Rojos aguardan para hacer sus apuestas del combate siguiente. Por encima de ellos, los tableros anuncian los Plateados que pelearán y sus probabilidades de triunfo.

Flora Lerolan, olvido, 3/1

Maddux Thany, caimán, 10/1

—Esperen un segundo —dice Crance y detiene a su grupo junto a los tableros de apuestas.

Con una sonrisa, uno de los hombres de piel de bronce se le une. El par busca en sus bolsillos algo con lo que pueda jugar.

Tristan y yo fingimos hacer lo mismo y nos paramos a unos metros de distancia, ocultos entre el cada vez más numeroso gentío. Los tableros de apuestas son populares entre los Rojos de Rocasta, donde una próspera economía militar impide que la mayoría pase hambre. Hay varios individuos adinerados entre la multitud, comerciantes y dueños de negocios ataviados con prendas orgullosamente limpias. Hacen sus apuestas y tienden opacas monedas de cobre, e incluso unos cuantos tetrarcas de plata. Apuesto que la caja registradora de la Plaza Rocasta no es nada despreciable, y tomo nota de transmitir esta información a la comandancia. *Si acaso me atiende todavía.*

—¡Vamos, miren la ventaja, es dinero fácil!

Sin dejar de reír contagiosamente, Crance apunta hacia los tableros y las ventanillas de apuestas. Los dos tipos detrás de él no se muestran tan convencidos.

—¿Sabes algo de los caimanes que nosotros ignoremos? —le pregunta el más alto—. La mujer olvido lo hará añicos.

—¡Como quieras, Trompeta! Yo no hice el pesado camino desde Corvium para aburrirme en las tribunas.

Con las boletas en la mano, Crance se aleja seguido por su amigo y deja a Trompeta y al otro a la espera. Por alguna razón, y pese a su estatura, es sorprendentemente bueno para abrirse camino entre la muchedumbre. Demasiado bueno.

—Vigílalos —murmuro mientras toco el codo de Tristan.

Y entonces también me abro paso en zigzag en tanto procuro mirar el suelo. Hay cámaras aquí, suficientes para desconfiar. Si las semanas próximas marchan de acuerdo con lo planeado, quizá debo empezar a ocultar mi rostro.

Veo que Crance desliza su boleta por la ventanilla. Su manga se levanta cuando roza el mostrador y al subírsele pone al descubierto un tatuaje. Casi no se distingue de su piel oscura, pero la forma es inconfundible. Lo he visto antes. Es un ancla azul con una cuerda roja.

No somos el único grupo que está al pendiente de este convoy. Los Navegantes ya tienen un hombre dentro.

Eso es bueno. Podemos aprovecharlo. Mi mente se dispara en lo que me abro camino a la fuerza para retroceder. *Pagar su información. La Guardia se involucraría menos, aunque obtendría el mismo resultado. Y es probable que este Navegante esté solo y opere en aislamiento. Podríamos tratar de atraerlo y tener los ojos metidos en su grupo. Empezar a jalar los hilos e integrarlo a la Guardia.*

Tristan sobresale entre el gentío por una cabeza y observa aún a los otros dos blancos. Yo contengo el impulso de correr a su lado y revelarlo todo.

Un obstáculo surge entre nosotros. Un hombre calvo y un conocido brillo de sudor en su frente. *Es un Lacustre.* Antes de que yo pueda correr o gritar, una mano me toma por el cuello desde atrás. Es lo bastante fuerte para silenciarme, lo bastante blanda para permitirme respirar y sin duda lo bastante firme para arrastrarme en medio de la multitud sin que el Calvo se aparte de mí.

Otro se resistiría, pero yo sé que no debo hacerlo. Hay agentes Plateados por doquier y su *ayuda* no es algo a lo que quiera arriesgarme. Así que deposito mi confianza en mí y en Tristan. Él debe seguir alerta y yo tengo que soltarme.

La multitud nos arrastra en su corriente y no puedo ver todavía quién me obliga a desfilar en medio de ella. La mole del Calvo me cubre casi por completo, igual que la pañoleta que mi captor me lanza al cuello. Curiosamente, es escarlata. Luego subimos un buen número de escalones hasta lo alto de la plaza, donde hay asientos dispuestos en largas losas y en su mayoría abandonados.

Sólo en ese momento soy liberada y una mano me sienta a empujones.

Cuando giro furiosa, con los puños apretados y listos para actuar, veo que quien me devuelve la mirada es el coronel, muy bien preparado para hacer frente a mi cólera.

—¿Quiere añadir a su lista de infracciones un par de golpes a su superior inmediato? —pregunta, casi en un susurro. *No, no quiero.* Bajo los puños, avergonzada. Incluso si pudiera someter a golpes al Calvo, no deseo probarme con el coronel y su recia fuerza. Me llevo una mano al cuello y masajeo la piel adolorida bajo la pañoleta roja—. No la lastimaré —continúa.

—Haría mal… Creí que quería dar un ejemplo. Nada expresa mejor *Ponga su trasero donde debe* que un cuello amoratado.

Su ojo rojo centellea.

—¿Deja usted de responder y cree que yo lo dejaré pasar? ¡De ningún modo, capitana! Ahora dígame qué pasa aquí. ¿Qué es de su equipo? ¿Ya son todos unos pillos o algunos huyeron?

—Nadie ha huido —digo entre dientes—. Ninguno de ellos. Nadie es un pillo tampoco. Siguen órdenes todavía.

—Al menos alguien lo hace.

—Yo continúo adelante con la operación, le guste o no. Todo lo que estoy haciendo aquí es por la causa, por la Guardia. Como usted presagió, esto no es la comarca de los Lagos. Y aunque la prioridad es tratar con la red Whistle, Corvium lo es también —tengo que sisear para hacerme oír sobre la muchedumbre que abarrota la plaza—. Aquí no podemos avanzar poco a poco. Las cosas están demasiado centralizadas. La gente se dará cuenta y nos echará antes de que estemos listos para proceder. Debemos pegar duro, golpear en grande, donde los Plateados no puedan hacerse los disimulados.

Gano terreno, pero no mucho. De todos modos, es suficiente para que no le tiemble la voz. Está molesto, pero no furioso. Todavía es posible razonar con él.

—Justo para eso grabó usted ese mensaje —dice—. Supongo que lo recuerda —una cámara y una pañoleta roja que tapa la mitad de mi rostro. Un arma en una mano, una bandera recién hecha en la otra. Recito palabras memorizadas como un rezo. *Nos levantaremos, Rojos como el amanecer*—. Así es como nosotros operamos, Farley. Nadie tiene en su poder todas las cartas. Nadie conoce la mano. Ésta es la única forma en que podemos mantener la delantera y seguir vivos —insiste. Venido de otro, esto podría parecer una súplica. Pero no del coronel. Él no pide cosas, únicamente da órdenes—. Créame cuando le digo que tenemos planes para Norta, y que no están muy lejos de lo que usted anhela.

A nuestros pies, los luchadores de la Proeza salen a la extraña arena de color gris. Uno, el caimán Thany, tiene una barriga tan grande como una roca y es casi tan ancho como alto. No necesita armadura y está desnudo hasta la cadera. Por su parte, la olvido esgrime de pies a cabeza su habilidad. Vestida con láminas engranadas anaranjadas y rojas, danza como una llama ágil.

—¿Y esos planes incluyen Corvium? —susurro y me doy la vuelta hacia el coronel. Debo hacerle entender—. ¿Cree que soy tan ciega que no me percataría de otra operación en esta ciudad? No existe. No hay nadie más aquí. A nadie más le preocupa por lo que pasan todos y cada uno de los Rojos condenados a morir. *Todos y cada uno de ellos.* ¿Y usted cree que no es importante?

La cabo Eastree aparece fugazmente en mi cabeza, su rostro gris y sus ojos grises, su firme resolución. Habló de esclavitud porque eso es lo que este mundo es. Nadie se atreve a decirlo, pero eso es lo que los Rojos son. *Esclavos y tumbas.*

Por una vez, él contiene la lengua. *Qué bueno, pues de lo contrario podría cortársela.*

—Vuelva con la comandancia y dígale que otro debe proseguir con la Telaraña Roja. ¡Ah!, y avísele que los Navegantes están aquí también. No son tan miopes como el resto de nosotros.

Una parte de mí supone que seré abofeteada por insubordinación. En todos los años que hemos pasado juntos, jamás le había hablado así al coronel. Ni siquiera... ni siquiera en el norte. En el sitio helado que todos llamábamos hogar. Yo era una niña entonces. Una niña que pretendía ser una cazadora, destripaba conejos y colocaba trampas arteras para sentirse importante. Ya no soy ella. Tengo veintidós años, soy capitana de la Guardia Escarlata y nadie, ni siquiera el coronel, puede decirme ahora que estoy mal.

—¿Entonces?

Después de un largo e inquietante momento, abre la boca.

—No.

Una explosión en la pista coincide con mi rabia. La multitud exclama al compás de la contienda y mira mientras la menuda olvido intenta hacer honor a sus probabilidades. Pero el Navegante tenía razón. Ganará el caimán. Es una montaña contra el fuego de ella, y prevalecerá.

—Mi equipo va a apoyarme —le advierto—. Usted perderá a diez buenos soldados y una capitana por culpa de su orgullo, coronel.

—No, capitana, nadie la relevará a usted en la Telaraña Roja —dice—. Pediré a la comandancia que lance una operación en Corvium, y cuando haya formado un equipo, éste tomará su lugar —apenas puedo creer lo que dice—. Hasta entonces, usted permanecerá en Corvium y continuará trabajando con sus contactos. Transmita toda la información pertinente a través de los canales habituales.

—Pero la comandancia...

—La comandancia es más imparcial de lo que usted cree. Y por la razón que sea, la tiene en un muy alto concepto.

—¿Cómo sé que no miente?

Se limita a alzar un hombro. Sus ojos retornan al redondel, donde el caimán despedaza a la joven olvido.

En cierto modo, su razonamiento me irrita más que cualquier otra cosa. Es difícil odiarlo en un momento como éste, cuando recuerdo cómo era él. Y luego, por supuesto, recuerdo lo demás. Lo que nos hizo, lo que le hizo a nuestra familia. A mi madre y mi hermana, quienes no eran tan horribles como nosotros, quienes no pudieron sobrevivir por la monstruosidad que él creó.

Ojalá no fuera mi padre. Lo he deseado muchas veces.

—¿Cómo marcha Baluarte? —pregunto para mantener mis pensamientos a raya.

—Mejor de lo previsto —no hay en sus palabras ni una pizca de orgullo, sólo los hechos tal como son—. Aunque el tránsito podría ser un problema una vez que emprendamos el traslado.

Ésa es supuestamente la segunda etapa de mi operación. El traslado y transporte de los *elementos* a los que se considere útiles para la Guardia Escarlata. No sólo los Rojos que se comprometerían con la causa, sino que también sepan disparar un arma, manejar un vehículo, leer, combatir.

—Yo no debería saber... —comienzo, pero me interrumpe.

Me da la impresión de que no tiene a nadie con quien hablar, ahora que ya no estoy a su lado.

—La comandancia me dio tres botes. *Tres.* Cree que tres botes pueden ayudar a poblar y poner en funcionamiento una isla entera.

Esto me trae algo a la memoria. Y en la pista, el caimán levanta sus sólidos brazos, victorioso. Los sanadores de la piel atienden a la chica olvido y reparan su maxilar fracturado y sus magullados hombros con rápidos movimientos. *Crance se pondrá feliz.*

—¿La comandancia ha mencionado pilotos en alguna ocasión? —pregunto.

Él se vuelve, con una ceja levantada.

—¿Pilotos? ¿Para qué?

—Creo que mi hombre en Corvium puede conseguirnos algo mejor que botes, o por lo menos un medio para robar algo mejor que botes.

Otro sonreiría, pero el coronel sólo asiente.

—Hágalo.

EL SIGUIENTE MENSAJE HA SIDO DESCIFRADO
CONFIDENCIAL, SE REQUIERE AUTORIZACIÓN DE LA COMANDANCIA

Agente: Coronel CLASIFICADO.
Denominación: CARNERO.
Origen: Rocasta, NRT.
Destino: COMANDANCIA en CLASIFICADO.

—Se hizo contacto con CORDERO. Su equipo aún en regla, ninguna pérdida.

—Evaluación: CORVIUM merece un equipo de operación. Se sugiere PIEDAD. Se sugiere premura. CORDERO abandonará y volverá a TELARAÑA ROJA.

—CORDERO transmite inteligencia vital para BALUARTE y traslado/tránsito.

—Vuelvo a mi puesto.

NOS LEVANTAREMOS, ROJOS COMO EL AMANECER.

EL SIGUIENTE MENSAJE HA SIDO DESCIFRADO
CONFIDENCIAL, SE REQUIERE AUTORIZACIÓN DE UN SUPERIOR

Agente: General CLASIFICADO.
Denominación: TAMBOR.
Origen: COMANDANCIA en CLASIFICADO.
Destino: CARNERO en CLASIFICADO, CORDERO en Corvium, NRT.

—Sugerencia de CORVIUM bajo análisis.
—Capitana Farley regresará a TELARAÑA ROJA en dos días.
—COMANDANCIA dividida en castigo por aplicar.
—A la espera de inteligencia.

NOS LEVANTAREMOS, ROJOS COMO EL AMANECER.

EL SIGUIENTE MENSAJE HA SIDO DESCIFRADO
CONFIDENCIAL, SE REQUIERE AUTORIZACIÓN DE UN SUPERIOR

Agente: Capitán CLASIFICADO.
Denominación: CORDERO.
Origen: Corvium, NRT.

Destino: CARNERO en CLASIFICADO, COMANDANCIA en CLASIFICADO.

—Se solicita una semana.

NOS LEVANTAREMOS, ROJOS COMO EL AMANECER.

Usted es una clase muy especial de idiota, niña. —CARNERO—

EL SIGUIENTE MENSAJE HA SIDO DESCIFRADO
CONFIDENCIAL, SE REQUIERE AUTORIZACIÓN DE UN SUPERIOR

Agente: General CLASIFICADO.
Denominación: TAMBOR.
Origen: COMANDANCIA en CLASIFICADO.
Destino: CARNERO en CLASIFICADO, CORDERO en Corvium, NRT.

—Cinco días. No abierto a más negociaciones.

NOS LEVANTAREMOS, ROJOS COMO EL AMANECER.

Por algún motivo, la granja se siente ya como un hogar.

Incluso con el techo derruido, las tiendas afectadas por la humedad y el silencio del bosque. Jamás había estado tanto tiempo en ningún sitio desde Irabelle, aunque ésta fue la base siempre. Y a pesar de que los soldados ahí son lo más parecido que tengo a una familia, no podría ver nunca ese frío y esos laberínticos pasajes como algo más que una estación de paso. Un lugar para entrenar y aguardar la misión siguiente.

No así con la ruina a la puerta de la zona de la muerte, a la sombra de una ciudad de tumbas.

—Eso es todo —le digo a Cara y me recargo en el costado del armario.

Asiente y guarda el transmisor.

—Me da gusto volver a verte tan parlanchina.

Antes de que yo pueda reír, Tristan golpea tan fuerte que sacude los postigos de la puerta cerrada.

—Tienes compañía.

Barrow.

—El deber llama —refunfuño mientras paso a toda prisa junto a Cara, con quien tropiezo en el estrecho espacio.

Cuando abro la puerta de golpe, me sorprende hallar a Tristan tan cerca, con su usual energía nerviosa a toda marcha.

—Esta vez lo vieron los observadores —dice. En otras condiciones, eso le enorgullecería, pero hay algo que lo desconcierta. Sé cuál es la razón. No vemos llegar a Barrow nunca. ¿Por qué hoy sí?—. Dijo que es importante…

Detrás de él la puerta de la granja se abre con estrépito y deja al descubierto el rostro enrojecido de Barrow, flanqueado por Cris y Pequeño Coop.

Me basta con mirar su rostro aterrado.

—¡Dispérsense! —suelto.

Ellos saben lo que esto significa. Saben adónde ir.

Un huracán recorre la granja y la toma por asalto. Las armas, las provisiones, nuestro instrumental desaparecen en un estudiado segundo, ocultos en bolsas y paquetes. Cris y Pequeño Coop se han marchado ya a la arboleda para subir lo más alto posible. Sus espejos y reclamos de aves transmitirán el mensaje a los demás en el bosque. Tristan supervisa al resto sin dejar de cargar su rifle largo.

—¡No hay *tiempo*, ya están aquí! —sisea Barrow, quien está de repente a mi lado. Me toma del hombro, y no lo hace con delicadeza—. ¡Tienen que irse!

El equipo obedece con dos chasquidos de mis dedos y olvida lo que no se ha empacado. Supongo que después tendremos que robar varias tiendas más, aunque ésta es la menor de mis preocupaciones. Otro chasquido y ellos vuelan como las balas de un arma. Cara, Tye, Rasha y los demás cruzan la puerta y la pared desplomada en todas direcciones y a toda velocidad. El bosque se los traga enteros.

Tristan me espera porque es su responsabilidad. Barrow aguarda porque... en realidad no lo sé.

—*Farley* —silba, y me jala del brazo nuevamente.

Lanzo una última mirada para confirmar que llevamos todo lo necesario antes de huir a la arboleda. Los hombres corren a toda prisa conmigo por entre raíces retorcidas y arbustos. Mi corazón late con fuerza en mis oídos, como si batiera un tambor agobiado. *Las hemos visto peores. Las hemos visto peores.*

Entonces escucho a los perros.

Son los sabuesos que los animus controlan. Nos olerán, nos seguirán y los raudos nos darán caza. Si tenemos suerte, nos creerán desertores y nos ejecutarán en el bosque. Si no... no quiero pensar en los horrores que nos tiene deparados la ciudad negra de Corvium.

—¡Al agua! —grito—. ¡Nos perderán el rastro!

Pero el río se encuentra a ochocientos metros de distancia. Sólo espero que ellos se detengan a registrar la granja y nos den el tiempo que necesitamos para escapar. Cuando menos los demás ya están lejos y muy dispersos. Ninguna jauría podrá seguirnos a todos. ¿Qué hay de mí, de nosotros, del olor más fresco, más próximo? Seremos presa fácil.

Pese a las protestas de mis músculos, hago un esfuerzo y corro más velozmente que nunca. Pero después de sólo un minuto, *sólo un minuto*, me fatigo. ¡Si pudiera correr tan aprisa como mi corazón late!

Tristan aminora el paso conmigo, aunque no necesita hacerlo.

—Hay un arroyo —sisea y apunta al sur—. Sale del río, está más cerca. Ve ahí.

—¿De qué hablas?

—Yo puedo llegar al río. Tú no. Y no pueden seguirnos a ambos.

Mis ojos se ensanchan. A pesar de que casi tropiezo en medio de mi confusión, Barrow me ataja justo a tiempo arriba de una raíz nudosa.

—Tristan...

Mi lugarteniente sólo sonríe, palmea el arma que cruza su espalda y señala.

—Por ahí, jefa.

Antes de que pueda detenerlo, antes de que pueda ordenarle que no lo haga, se sumerge en el bosque y usa sus largas piernas y las ramas bajas para brincar sobre un terreno cada vez más accidentado. No puedo gritar a sus espaldas. Por alguna razón, ni siquiera obtengo una vista clara de su rostro. Sólo percibo una mata de pelo rojo que destella en el verdor.

Barrow casi me empuja. Creo que se muestra aliviado, aunque eso no puede ser cierto. Sobre todo cuando un perro aúlla a menos de cien metros. Y los árboles sobre nosotros parece que se inclinan y extienden sus ramas como dedos serviciales. *Guardafloras. Animus. Raudos. Los Plateados nos atraparán a ambos.*

—Farley —de pronto Barrow toma mi quijada entre sus manos y me obliga a mirar un rostro asombrosamente tranquilo. Hay temor en él, desde luego, aletea en sus ojos dorados. Pero dista mucho de reflejar la gravedad de la situación. Yo, en cambio, estoy aterrada—. Tienes que prometerme que no gritarás.

—¿Qué...?

—*Promételo.*

Veo al primer perro. Es un sabueso del tamaño de un poni, con el hocico abierto. Y junto a él está un borrón gris como el viento hecho carne. *Un raudo.*

Siento de nuevo que Shade aprieta su cuerpo contra el mío, y después algo menos agradable. La contracción del mundo, el remolino, la inclinación de frente por el aire vacío. Todo esto se complica y se encoge y creo que veo estrellas verdes. O quizá sean árboles. Lo primero que siento es una conocida oleada de náusea. En esta ocasión aterrizo en el lecho de un río, no sobre concreto.

Petardeo y escupo agua y bilis mientras contengo el impulso de gritar o vomitar, o ambas cosas.

Barrow se agacha junto a mí con una mano en alto.

—No grites —así que vomito—. Supongo que eso es preferible en este momento —balbucea y aparta amablemente la mirada de mi rostro verde—. Perdón, creo que tengo que practicar más. O quizá tú eres muy sensible.

El río borboteante limpia lo que yo no puedo y el agua fría hace por mí más que una taza de café negro. Me reanimo y miro a mi alrededor los árboles que se inclinan sobre nosotros. Son sauces, no robles como donde estábamos hace apenas unos segundos. *No se mueven*, comprendo junto con una descarga de alivio. *No hay guardafloras aquí. Tampoco perros.* Pero entonces… ¿dónde estamos?

—¿Cómo? —susurro con una voz desigual—. ¡¿Cómo?!

El ensayado escudo de Shade Barrow cede un poco. Él da unos pasos atrás para sentarse en una piedra por encima del riachuelo, sobre la que se posa como un mascarón.

—Ni siquiera yo tengo una explicación —dice como si admitiera un crimen—. Lo más… lo más que puedo hacer es mostrártelo. Y tienes que prometer de nuevo que no gritarás.

Asiento con desgano. La cabeza me da vueltas, desbalanceada. Apenas puedo incorporarme en la corriente, y menos todavía gritar.

Él aspira y se aferra a la piedra hasta que los nudillos se le ponen blancos.

—¡Allá vamos!

Y de pronto no está ya. No… no porque haya huido o se haya escondido o incluso haya caído de la roca. Simplemente no está. Agito las pestañas sin creer lo que veo.

—Aquí estoy.

Vuelvo tan rápido la cabeza que casi siento náuseas otra vez.

Ahí está él, parado en la orilla opuesta. Entonces lo hace de nuevo y regresa a la piedra, en la que vuelve a sentarse lentamente. Muestra una sonrisa vacilante, sin nada de alegría. Y abre demasiado los ojos. Si yo tenía miedo hace unos minutos, él está totalmente petrificado. Y no es para menos.

Porque Shade Barrow es Plateado.

La memoria muscular me permite sacar mi arma y amartillarla sin parpadear.

—Puede que no sea capaz de gritar, pero sí de dispararte.

Se ruboriza; de un modo u otro, su rostro y su cuello se ponen rojos. *Es una ilusión, un truco. Su sangre no es de ese color.*

—Hay varias razones por las que eso no va a dar resultado —dice mientras se atreve a apartar la mirada de mi pistola—. Para comenzar, tu cañón está lleno de agua. Dos, en caso de que no lo hayas notado... —de súbito está junto a mi oreja y se acuclilla a mi lado en el río. Me asusto tanto que lanzo un chillido, o lo haría si él no me cubriera la boca con una mano— soy muy rápido —*Estoy soñando. Esto no es real.* Tira de mi aturdido cuerpo y me obliga a incorporarme. Intento empujarlo, aunque hasta eso me provoca un mareo—. Y tres, los perros no podrán olernos ya, pero pueden oír un disparo —no suelta mis hombros, que aprieta con fuerza creciente—. ¿Va a replantear entonces su pequeña estrategia, capitana?

—¿Eres Plateado? —exhalo y me doy vuelta entre sus brazos. Esta vez me enderezo sola antes de caer. Como en Corvium, la náusea pasa rápido. *Es un efecto secundario de su habilidad. Su habilidad Plateada. Me la había mostrado ya y yo sin enterarme.* Esta idea hace arder mi cerebro—. ¿Lo has sido siempre?

—No, no. Soy Rojo como esa cosa del amanecer de la que tanto hablas.

—No me mientas —tengo todavía el arma en la mano—. Todo esto fue un ardid para que nos atraparas. ¡Apuesto que tú llevaste a esos cazadores hasta mi grupo...!

—Te *dije* que no gritaras.

Tiene abierta la boca y deja entrar una agitada inhalación entre sus dientes. Está tan cerca que puedo ver los vasos sanguíneos que se extienden por el blanco de sus ojos. Son rojos. *Una ilusión, un truco*, resuena de nuevo en mi cabeza. Pero junto con esa advertencia llegan varios recuerdos suyos. ¿Cuántas veces nos reunimos a solas? ¿Cuántas semanas ha trabajado con nosotros, ha transmitido información y se ha comunicado con la cabo Eastree, que es de sangre roja? ¿Cuántas veces tuvo la oportunidad de poner una trampa?

Esto no tiene sentido.

—Y nadie me siguió. *Es obvio* que nadie puede seguirme. Ellos supieron de ustedes por su cuenta. Es algo que tiene que ver con espías en Rocasta y nada más.

—¿Continúas a salvo en Corvium y *trabajas* todavía para ellos? ¿Como *uno de ellos*?

Su paciencia se quiebra como una frágil rama.

—¡Ya te dije que no soy Plateado! —gruñe como un animal en un segundo trepidante.

Quiero dar un paso atrás, pero me obligo a mantenerme firme, inmóvil, sin temerle. *Aunque tengo todo el derecho de hacerlo.*

De repente tiende un brazo y se sube la manga con dedos temblorosos.

—Córtame —asiente, como si contestara una pregunta que no he podido formular todavía—. ¡Córtame!

Para mi sorpresa, mis dedos tiemblan tanto como los suyos cuando saco el puñal de mi bota. Él se estremece cuando lo hundo en su piel. *Por lo menos siente dolor.*

El corazón me da un vuelco cuando la sangre mana bajo la cuchilla. *Es roja como el amanecer.*

—¿Cómo es posible?

Cuando volteo, veo que mira mi rostro, como si buscara algo. Por la forma en que sus ojos brillan, creo que lo encuentra.

—En verdad no lo sé. No sé lo que es esto ni qué soy yo. Sólo sé que no soy uno de ellos, sino uno de *ustedes.*

Durante un momento calcinante olvido a mi equipo, el bosque, mi misión e incluso a Shade frente a mí. El mundo se inclina de nuevo, aunque no debido a algo que él haga. Esto es algo más. Una transformación. Un cambio. Y un *arma* que utilizar. *No, un arma que he empuñado muchas veces ya. Para obtener información, para infiltrar a Corvium. Con Shade Barrow, la Guardia Escarlata puede ir adondequiera, a todas partes.*

Se creería que, con todas mis infracciones del protocolo, yo evitaría incumplir más reglas. Pero ¿qué pasará si infrinjo una más?

Cierro poco a poco mis dedos alrededor de su muñeca. A pesar de que sangra todavía, no me importa. *Es lo más pertinente.*

—¿Jurarás lealtad a la Guardia Escarlata?

Supongo que sonreirá. En cambio, su rostro se torna de piedra.

—Con una condición.

Levanto tan alto las cejas que podrían desaparecer bajo mi cabello.

—La Guardia no negocia.

—No es una petición para la Guardia, sino para ti —replica.

Para alguien que puede moverse más rápido que un pestañeo, él da el paso más lento del mundo. Nos miramos a los ojos; el azul se encuentra con el oro.

La curiosidad me vence.

—¿Y eso es...?

—¿Cómo te llamas?

Mi nombre. A los demás les tiene sin cuidado usar el suyo, pero no es así para mí. Mi nombre no tiene importancia. El rango y la denominación son lo único que realmente importa. Cómo me llamó mi madre no es de consideración para nadie, y menos que todos para mí. Es una carga antes que otra cosa, un doloroso recordatorio de la voz de ella y de nuestra vida en los primeros días. Cuando al coronel se le decía papá y la Guardia Escarlata era la quimera de unos cazadores y agricultores y soldados vacíos. Mi nombre es mi madre, mi hermana Madeline y sus sepulcros cavados en el gélido suelo de una aldea en la que ya no habita nadie.

Shade me mira expectante. Sé que me toma de la mano, sin importar que la sangre se coagule bajo mis dedos.

—Me llamo Diana.

Por una vez su sonrisa es verdadera, sin bromas ni máscaras.

—¿Estás con nosotros, Shade Barrow?

—Estoy contigo, Diana.

—Entonces nos levantaremos...

Une su voz a la mía.

—Rojos como el amanecer.

EL SIGUIENTE MENSAJE HA SIDO DESCIFRADO

CONFIDENCIAL, SE REQUIERE AUTORIZACIÓN DE UN SUPERIOR

Día 34 de la operación TELARAÑA ROJA, etapa 1.

Agente: Capitán CLASIFICADO.

Denominación: CORDERO.

Origen: En tránsito.

Destino: CARNERO en CLASIFICADO, COMANDANCIA en CLASIFICADO.

—Se abandona CORVIUM en dirección a DELPHIE. Alto en puntos WHISTLE a lo largo de la ruta.

—Se planea estar en etapa 2 dentro de una semana.

—Notifíquese a operación CORVIUM que agentes de CORVIUM creen que hay "bandidos y desertores" en el bosque.

—Se anexa información detallada sobre flota aérea apostada en DELPHIE, proporcionada por operativo recién jurado ayudante B (denominación: SOMBRA) todavía en CORVIUM.

—Se sugiere tomar juramento también a cabo E.

—Soy y seguiré siendo el contacto de SOMBRA en GE.

—SOMBRA será retirado de CORVIUM a mi discreción.

—Resumen de CORVIUM: muertos en acción: G. TYE, W. TARRY, R. SHORE, C. ELSON, H. "Gran" COOPER (5).

—Desaparecidos en acción: T. BOREEVE, R. BINLI (2).

—Conteo de bajas Plateadas: cero (0).

NOS LEVANTAREMOS, ROJOS COMO EL AMANECER.

EL SIGUIENTE MENSAJE HA SIDO DESCIFRADO
CONFIDENCIAL, SE REQUIERE AUTORIZACIÓN DE UN SUPERIOR

Agente: General CLASIFICADO.

Denominación: TAMBOR.

Origen: COMANDANCIA en CLASIFICADO.

Destino: CARNERO en CLASIFICADO.

—Buena intel. aérea. Operación DELPHIE en marcha.

—Tránsito de tren en regla entre ARCÓN y ciudad #1.

—Iniciar en 3 semanas cuenta regresiva para operación ALBA.

NOS LEVANTAREMOS, ROJOS COMO EL AMANECER.

Su chica tiene agallas. —TAMBOR—

Por su causa ha muerto gente nuestra. —CARNERO—

Vale la pena por sus resultados, aunque su actitud deja un poco que desear. —TAMBOR—

EL SIGUIENTE MENSAJE HA SIDO DESCIFRADO

CONFIDENCIAL, SE REQUIERE AUTORIZACIÓN DE UN SUPERIOR

Día 54 de la operación TELARAÑA ROJA, etapa 2.

Agente: Capitán CLASIFICADO.

Denominación: CORDERO.

Origen: Albanus, NRT.

Destino: CARNERO en CLASIFICADO.

—Los WHISTLE de VALLE PRIMORDIAL en regla. Por iniciar traslado en ALBANUS con agente jurado WILL WHISTLE.

—30 elementos trasladados en 2 semanas.

—SOMBRA opera aún en CORVIUM. Intel.: rotación de legiones en trincheras deja huecos.

NOS LEVANTAREMOS, ROJOS COMO EL AMANECER.

Odio este carromato apestoso.

El viejo y astuto Will enciende una vela, como si esto pudiera disipar el olor, cuando lo único que hace es volver más caluroso este sitio, más asfixiante, si acaso es posible. Sin embargo, más allá de la fetidez, me siento a gusto.

Los Pilotes es una aldea aletargada, sin mayor motivo de preocupación. De hecho, resulta que es el lugar donde Shade nació. Él no habla mucho de su familia, sólo de su hermana. Pero sé que les escribe. Yo *envié* su carta más reciente, la llevé al correo apenas esta mañana. Eso es más rápido que confiar en que el ejército hará llegar una carta a su destino, me dijo, y tenía razón. Arriban apenas dos semanas después de que las escribe, no el mes usual que transcurre para que la correspondencia Roja llegue a cualquier parte.

—¿Esto tiene algo que ver con el *nuevo cargamento* que mis camaradas han transportado para ustedes río abajo y por tierra? A Harbor Bay, ¿cierto?

Me mira con ojos demasiado brillantes para alguien de su edad. Pese a todo, su barba es más exigua que el mes pasado, lo mismo que su cuerpo. De cualquier forma, se sirve una taza de té con las quietas manos de un cirujano.

Declino cortésmente el ofrecimiento de té caliente en un carromato más caliente todavía. *¿Cómo es posible que él use mangas largas?*

—¿Qué has oído?

—Nada en particular.

¡Vaya si son ladinos estos Whistle!

—Es cierto. Hemos empezado a movilizar gente, y la red Whistle ha sido esencial en esta operación. Espero que tú aceptes hacer lo mismo.

—¿Por qué habría de ser tan tonto para hacerlo?

—Bueno, lo fuiste para jurar lealtad a la Guardia Escarlata. Claro que si necesitas más persuasión... —con una sonrisa, extraigo cinco tetrarcas de plata de mi bolsillo. Apenas tocan la pequeña mesa antes de que él los tome. Desaparecen entre sus dedos—. Recibirás más de esto por cada pieza.

A pesar de ello, no accede. Monta un espectáculo igual que como hicieron los demás Whistle antes de que al final yo obtuviera su consentimiento.

—Serías el primero en negarte —le digo con una sonrisa embaucadora—. Y nuestra asociación terminaría.

Sacude con desdén una mano.

—Me va muy bien sin lo tuyo.

—¿En serio? —mi sonrisa se ensancha. *Will no es bueno para engañar*—. Bueno, me marcho entonces; jamás volveré a mancillar tu... carromato.

Antes de que pueda levantarme siquiera, él lo hace para detenerme.

—¿A quién piensas movilizar?

¡Te tengo!

—A ciertos elementos. Personas que serán valiosas para nuestra causa.

Mientras lo observo, sus ojos brillantes se ensombrecen. *Es un truco de la luz.*

—¿Y quién toma esa decisión?

Pese al calor, un escalofrío recorre mi espalda. Aquí viene el escollo usual.

—Hay operaciones en todo el país en busca de esas personas, y la mía es una de ellas. Evaluamos, proponemos a nuestros candidatos y esperamos la aprobación.

—Supongo que los viejos, los enfermos y los menores de edad no son incluidos en sus propuestas. No tiene caso salvar a los que de veras lo necesitan.

—Si tienen habilidades valiosas...

—¡Bah! —espeta, y las mejillas se le enrojecen. Bebe su té con jadeos iracundos hasta apurar la taza. El líquido lo serena. Cuando baja la taza vacía, apoya el mentón sobre una mano en actitud meditativa—. Supongo que eso es lo mejor que podemos esperar.

Otro canal que se abre.

—Por ahora.

—Muy bien.

—¡Ah!, y no creo que sea un problema para ti, pero yo no me acercaría a los Plateados que veas mañana. No estarán contentos.

Mañana. La sola idea hace que me hierva la sangre. No sé qué han planeado el coronel y la comandancia, sólo que incluye mi mensaje grabado y algo para lo que vale la pena hacer ondear nuestra bandera.

—¿Debo saberlo? —pregunta con una sonrisa mordaz—. ¿Lo sabes tú siquiera?

Me es preciso lanzar una risotada.

—¿Tienes algo más fuerte que el té?

No le es posible contestar, porque alguien golpea la puerta del carromato. Él salta y casi rompe la taza. Yo la atrapo ágilmente, pero no le quito los ojos de encima. Me estremece un antiguo temor y ambos permanecemos quietos, a la espera. Entonces recuerdo. *Los agentes no llaman a la puerta.*

—¡Will Whistle! —exclama una voz de mujer.

Él casi se desploma de alivio y la tensa cuerda en mí se libera. Me hace señas para que me oculte detrás de la cortina que divide su carromato.

Hago lo que me pide y me oculto segundos antes de que ella abra de golpe la puerta.

—¡Señorita Barrow! —lo oigo decir.

Mil coronas, maldigo entre dientes mientras regreso a la taberna a la vera del camino. Cada uno. No sé por qué elegí una cifra tan alta. El motivo de que haya aceptado entrevistarme con esa muchacha —*la hermana de Shade, debe ser ella*— es menos misterioso. ¿Pero decirle que la ayudaría? ¿A salvar a su amigo, a salvarla *a ella* del alistamiento? ¿A dos adolescentes que no conozco, ratas que no dudarían en sacrificar a sus transportadores? En el fondo, sé por qué lo hice. Recuerdo al chico de Rocasta, y a su madre. Lo mismo les sucedió a Shade y sus dos hermanos mayores frente a la chica que imploró mi ayuda esta noche. *Mare, se llama Mare.* Rogó por sí misma y por otro, muy probablemente su novio. En su voz oí y vi a muchas personas. La madre en Rocasta. Rasha, que dejó de ver. Tye, que murió tan cerca del sitio del que quería escapar. Cara, Tarry, Shore, Gran Coop. Todos ellos muertos tras haber arriesgado su vida; tuvieron que pagar el precio que la Guardia Escarlata cobra siempre.

Mare no conseguirá ese dinero. Es una tarea imposible. De todas maneras, le debo a Shade mucho más por sus servicios. Supongo que librar a su hermana de la conscripción será un precio bajo que pagar por su inteligencia. Y cualquier suma que ella ofrezca ayudará a la causa.

Tristan me alcanza a medio camino entre Los Pilotes y la taberna de la carretera. De alguna manera esperaba que me acompañara a lo largo de todo el trayecto, y que aguardara con Rasha, Pequeño Coop y Cristobel, los únicos miembros que quedan de nuestro desafortunado equipo.

—¿Todo en orden? —pregunta y se ajusta cuidadosamente el saco para cubrir la pistola en su cadera.

—Perfectamente —respondo.

Por alguna razón, estas palabras resultan muy difíciles de pronunciar.

Tristan me conoce demasiado para entrometerse. Cambia de tema y me acerca el radio de Corvium.

—Barrow ha intentado comunicarse varias veces en la última hora.

Está aburrido, de nuevo. No sé en cuántas ocasiones le he dicho a Shade que el radio debe usarse para asuntos oficiales y urgencias, no para fastidiarme. De cualquier forma, no puedo menos que sonreír. Hago lo posible por mantener quietos mis labios, al menos frente a Tristan, y me pongo a juguetear con el radio.

Oprimo el auricular y envío un impulso de puntos aparentemente casuales. *Aquí estoy*, dicen.

Su respuesta llega tan rápido que casi dejo caer el aparato.

—¡Necesito ayuda, Farley! —crepita su voz, apenas audible en el pequeño altoparlante—. ¿Farley? Tengo que huir de Corvium.

Una sensación de pánico desciende por mi espalda.

—Entiendo —contesto mientras mi mente vuela a toda velocidad—. ¿Puedes salir solo?

Si no fuera por Tristan, se lo preguntaría francamente. ¿Por qué no puede alejarse de un salto de esa fortaleza de pesadilla?

—Nos vemos en Rocasta.

—¡Hecho!

EL SIGUIENTE MENSAJE HA SIDO DESCIFRADO
CONFIDENCIAL, SE REQUIERE AUTORIZACIÓN DE UN SUPERIOR

Día 56 de la operación TELARAÑA ROJA, etapa 2.
Agente: Capitán CLASIFICADO.
Denominación: CORDERO.
Origen: Rocasta, NRT.
Destino: CARNERO en CLASIFICADO.

—Felicidades por atentado en ARCÓN.
—En ROCASTA para trasladar a SOMBRA.

NOS LEVANTAREMOS, ROJOS COMO EL AMANECER.

Día 60 de la operación BALUARTE, etapa 2.

Agente: Coronel CLASIFICADO.

Denominación: CARNERO.

Origen: CLASIFICADO.

Destino: CORDERO en Rocasta.

—Proceda. Envíelo a TRIAL. Retorne a TELARAÑA ROJA lo más pronto posible.

NOS LEVANTAREMOS, ROJOS COMO EL AMANECER.

Tardé en llegar aquí más de lo previsto. Por no mencionar el hecho de que vine sola.

Después del atentado en Arcón, viajar no es sencillo, incluso a través de nuestros canales habituales. Las barcas y transportes de carga de Whistle son más difíciles de conseguir ahora. Y llegar a las ciudades, aun a Rocasta, no es una hazaña menor. Los Rojos deben presentar su tarjeta de identidad, y hasta su sangre, en diferentes controles de acceso a la ciudad, mismos que debo evitar a toda costa. Aunque mi rostro estaba cubierto, oculta en el video en que anuncié la presencia de la Guardia Escarlata a todo el país, no puedo correr riesgos.

Incluso me afeité la cabeza, para deshacerme de la larga trenza rubia que tanto destacó en ese mensaje.

Crance, el Navegante que trabaja en el convoy de abastecimiento, tuvo que meterme de contrabando, y lograr que aceptara implicó una *intensa* labor de convencimiento. Comoquiera que sea, conseguí entrar a la ciudad sana y salva, con mi radio bien oculto en la pretina.

Sector Rojo. Mercado de legumbres.

Ahí es donde Shade me pidió que nos encontráramos, y es adonde debo llegar. No me atrevo a cubrir mi rostro ni a encapucharme, pues esto le daría a cualquiera una buena pista de mi identidad. En cambio, uso lentes oscuros, con los que oculto la única sección de mi rostro que todos advirtieron en el video. De cualquier manera, siento el riesgo a cada paso. *El riesgo forma parte del juego.* Pero no temo por mí. Ya hice mi parte —y un poco más— por la Guardia Escarlata. Podría morir ahora y se me consideraría una agente exitosa. Mi nombre aparecería en la correspondencia oficial, enviada por Tristan quizá, convertido en puntos para que el coronel lo leyera.

Me pregunto si lo lamentaría.

Hoy está nublado y el ánimo de la ciudad es reflejo del clima. Además, el atentado está en los labios de todos, en los ojos de todos. Los Rojos muestran una extraña mezcla de optimismo y abatimiento, y algunos de ellos susurran abiertamente acerca de la Guardia Escarlata. Pero muchos, especialmente los viejos, les ponen mala cara a sus hijos,

los reprenden por creer en nuestras tonterías y les asegu-
ran que éstas traerán más dificultades a su gente. No soy
tan tonta para detenerme a discutir con ellos.

El mercado se ubica en lo profundo del sector Rojo,
pero rebosa de agentes de seguridad Plateados. Hoy parecen lobos al acecho, con sus armas en la mano antes que
en la funda. Sé de disturbios en las principales ciudades, de
ciudadanos Plateados que perseguían a cualquier Rojo en
el que pudieran poner las manos encima, que culpaban a
todos los que podían de las acciones de la Guardia Escarlata. Pero algo me dice que estos agentes no están aquí para
proteger a mi pueblo. Lo único que quieren es infundir
miedo y hacernos callar.

Sin embargo, ni siquiera ellos pueden atajar los rumores.

—¿Quiénes son?

—La Guardia Escarlata.

—Nunca había oído hablar de ella.

—¿Lo viste? ¡El oeste de Arcón ardió en llamas…!

—… aunque nadie resultó herido…

—… traerán más problemas…

—… las cosas empeorarán…

—… nos culpan de eso…

—Quiero buscarlos.

—Farley.

Este último es un aliento cálido en el lóbulo de mi oreja,
una voz conocida. Me vuelvo instintivamente y le doy a
Shade un abrazo, lo que nos sorprende a ambos.

—También a mí me da mucho gusto verte —farfulla.

—Te sacaremos de aquí —murmuro mientras me aparto. Cuando lo miro con atención, me doy cuenta de que las últimas semanas no han sido amables. Está pálido y demacrado, y sus ojeras son profundas—. ¿Qué pasó?

Mete mi brazo en el hueco del suyo y le permito conducirme entre la multitud que recorre diligentemente el mercado. Nuestra apariencia es de personas comunes y corrientes.

—Recibí una transferencia, a la Legión de la Tormenta, al frente.

—¿Alguna clase de castigo?

Sacude la cabeza.

—No. No saben todavía que soy un contacto de la Guardia. No, esta orden es extraña.

—¿Por qué lo es?

—Proviene de un general. De muy alto grado. Y está dirigida *a mí*, un ayudante. No tiene sentido. Es como si *algo* no encajara —entrecierra los ojos en forma harto significativa y yo asiento—. Creo que van a deshacerse de mí.

Trago saliva y espero que no lo note. Mi temor por él no puede ser interpretado más que como algo profesional.

—Nosotros te ejecutaremos antes, diremos que huiste y que moriste por desertar. Eastree puede falsificar los papeles como lo hace con otros elementos. Y además, éste es un buen momento para buscarte un traslado.

—¿Tienes idea adónde?

—Irás a Trial, al otro lado de la frontera. Eso no debería ser demasiado difícil para alguien con tus habilidades.

—No soy invencible. No puedo saltar cientos de kilómetros y ni siquiera, bueno, *llegar* tan lejos. ¿Tú puedes? —murmura.

Tengo que sonreír. *Crance debe ser la solución.*

—Creo que puedo conseguirte un mapa y un guía.

—¿Vendrás conmigo?

Me digo que imagino la desilusión que advierto en su voz.

—Tengo otros asuntos que resolver… ¡Cuidado! —agrego cuando distingo a un grupo de agentes delante de nosotros; el brazo de Shade se tensa en el mío y me acerca más a él. *Saltará si tiene que hacerlo y yo vomitaré de nuevo sobre mis botas*—. Intenta no hacerme devolver el estómago esta vez —rezongo, con lo que le arranco una de sus sonrisas torcidas.

Pero no hay de qué alarmarse. Los agentes se concentran en otra cosa, en una resquebrajada pantalla de video, quizá la única en este mercado Rojo, usada para ver programas oficiales, aunque no hay nada oficial en lo que miran.

—¡Olvidaba que hoy se transmite la prueba de las reinas! —dice uno de ellos cuando se inclina y entrecierra los ojos ante la imagen, que se borra ocasionalmente—. ¿No pudiste conseguir un mejor aparato para nosotros, Marcos?

Marcos se pone gris, está irritado.

—Estamos en el sector Rojo, ¿qué esperabas? ¡Regresa a tus rondas si no te satisface!

La prueba de las reinas. Recuerdo algo acerca de esas palabras. Fue en la instrucción sobre Norta, el improvisado paquete de información que el coronel me hizo leer antes de que me enviaran aquí. Algo acerca de los príncipes... que eligen una esposa, quizás. Esta sola idea hace que yo arrugue la nariz, pero por alguna razón no puedo apartar los ojos de la pantalla a medida que nos acercamos al lugar.

En ella, una joven enfundada en prendas de cuero negro demuestra sus legendarias habilidades. Es una *magnetrona*, comprendo mientras ella manipula el metal del ruedo en que se encuentra.

Justo en ese momento, un relámpago rojo cruza la pantalla y va a estamparse en el escudo eléctrico que separa a la magnetrona del resto de la elite Plateada que presencia su exhibición.

Los agentes exclaman al unísono. Uno de ellos incluso desvía la mirada.

—No quiero ver esto —se queja, como si estuviera a punto de vomitar.

Shade se paraliza en su sitio, con los ojos fijos en la pantalla donde ve el manchón rojo. Aprieta mi brazo y me obliga a mirar. *La mancha tiene un rostro. Es su hermana.*

Mare Barrow.

Se pone frío contra mi cuerpo cuando el relámpago la devora por completo.

—Eso debería haberla matado.

Las manos de Shade tiemblan y él tiene que ponerse en cuclillas en el callejón para impedir que el resto de su cuerpo las siga. Me arrodillo a su lado, con una mano en su brazo trémulo.

—Eso debería haberla matado —repite y abre mucho unos ojos que despiden una mirada vacía.

No necesito preguntar para saber que reproduce una y otra vez la escena en su cabeza. Su joven hermana que cae en el ruedo de la prueba de las reinas, a su muerte en cualquier circunstancia. Pero Mare no murió. Se electrocutó frente a las cámaras, pero no murió.

—Está viva, Shade —le digo y hago girar su rostro hacia el mío—. Tú mismo la viste: se levantó y corrió.

—¿Cómo es posible eso?

No es el momento de apreciar la broma.

—Yo te pregunté lo mismo una vez.

—Entonces ella es diferente también —se le ensombrece la vista, que aleja de mi rostro—. Y está con *ellos*. Tengo que ayudarla —intenta incorporarse, pero el impacto no ha cedido. Lo ayudo a agacharse de nuevo lo más suavemente que puedo y permito que se recargue en mí—. La asesinarán, Diana —susurra. Su voz me rompe el corazón—. Podrían hacerlo ahora mismo.

—No creo que lo hagan. No pueden hacerlo después de que todos vieron a una chica Roja que sobrevivió al relámpago —*Tendrán que explicarlo primero. Inventar una historia como las que usaban para que pasáramos inadvertidos hasta que nos cercioramos de que ya no pudieran hacerlo*—. Hoy ella obtuvo un gran triunfo.

De pronto el callejón se siente demasiado pequeño.

Shade me lanza una mirada desafiante, que sólo un soldado puede mostrar.

—No la dejaré ahí sola.

—No lo estará. Me encargaré de ello.

Su mirada se afianza, como reflejo de la resolución que siento en mi interior.

—Yo también.

EL SIGUIENTE MENSAJE HA SIDO DESCIFRADO
CONFIDENCIAL, SE REQUIERE AUTORIZACIÓN DE LA COMANDANCIA

Día 2 de la operación RELÁMPAGO.

Agente: Capitán CLASIFICADO.

Denominación: CORDERO.

Origen: Summerton, CL.

Destino: COMANDANCIA en CLASIFICADO.

—Op. en marcha. MARE BARROW hizo contacto con WILL WHISTLE y HUESOS en ALBANUS, juró lealtad a GE. Apoyo de SOMBRA, exitoso.

—Agente DONCELLA actuará como contacto en MANSIÓN DEL SOL.

—Agente CAMARERO hizo contacto sobre nuevo elemento por reclutar en MANSIÓN DEL SOL, se explorará más.

NOS LEVANTAREMOS, ROJOS COMO EL AMANECER.

AGRADECIMIENTOS

Vaya mi más profunda gratitud al incansable equipo que mantiene en marcha la máquina de La reina Roja. A la escuadra de New Leaf Literary, en especial Suzie Townsend, Pouya Shahbazian, Danielle Barthel, Jackie Lindert, Kathleen Ortiz y Jess Dallow, quienes me conservan cuerda y organizada, y son esenciales en cada aspecto de mi trayectoria editorial. A todos en HarperTeen, desde la editora Kristen "Arrodillarse o sangrar" Pettit hasta la épica Margot Wood y Elizabeth Lynch, quien nos pone a trabajar a todos. Al equipo de cine en Benderspink, Daniel, JC, los Jake. A mi familia y amigos, quienes me toleran durante los momentos más difíciles del acto de escribir. Y, por supuesto, a todos y cada uno de los profesores, bibliotecarios, libreros, compañeros autores, blogueros, periodistas y lectores que han colocado los libros de La reina Roja en un anaquel o en manos de otra persona. Todo cuenta, todo ayuda, ¡y yo les estoy eternamente agradecida a todos ustedes!

ÍNDICE

Canción real   9

Cicatrices de acero   89

Agradecimientos   205

Esta obra se imprimió y encuadernó
en el mes de diciembre de 2016,
en los talleres de Impregráfica Digital, S.A. de C.V.,
Av. Universidad 1330, Col. Del Carmen Coyoacán,
C.P. 04100, Coyoacán, Ciudad de México,